古事記とは何か

稗田阿礼《ひえだのあれ》はかく語りき

目次

古事記とは何か

稗田阿礼《ひえだのあれ》はかく語りき

第一章　『古事記』は歌劇の台本

世界最高の大帝国である唐《とう》を模範として、天皇中心の中央集権国家を目ざす大化改新《たいかのかいしん》を始めた天智《てんじ》天皇が崩御された後、その子大友皇子《おおとものおうじ》と、天皇の弟大海人皇子《おおあまのおうじ》が、皇位をめぐって戦った「壬申《じんしん》の乱」は、たんなる権力争いではなく、実は唐風と国風の戦いであった。

飛鳥《あすか》から都を遷《うつ》した近江《おうみ》朝廷の唐風化を急速に推し進めていた大友皇子が勝っていたら、わが国は結局、唐の冊封《さくほう》体制下の一小国となっていただろう。

わが国の古代最大の内乱に勝利を収めて皇位についた天武天皇が、何より力を注いだのは国風文化の興隆で、なかでも最大の事業が、神代の昔からの自国の歴史を自国の大和言葉で著わそうとする『古事記』の編修であった。

そのための助手として選ばれた稗田阿礼《ひえだのあれ》については、昔から性別を問う議論が絶えない。果して稗田阿礼は、男性であったのだろうか、それとも女性だったのであろうか……。

（一）

遥《はる》かな遠い昔、わが大八洲国《おおやしまぐに》は文字を持っていなかった。人びとは各各の地域によって甚だしく異なる方言でお互いの意思を通じ合っていた。やがてそこに標準語の「大和《やまと》言葉《ことば》」ができた。母胎となったのは、五七五七七という大和歌《やまとうた》の韻律と旋律と語彙《ごい》である。人びとは自分の意思と感情をその韻律と旋律と語彙に乗せ、声に出して歌うことによって、それまでは特定の地域にしか通じなかった自己主張と相互理解の言語を、広く大八洲国の全体に通じる普遍的な言語に育て上げ、それぞれ独自の表現の実感と美感を競い合うことによって、言葉としての洗練の度合を高めていった。

わが国の国語は、後述するように諸国を交通する「歌」をもとにして作り出されたといってよい。こうして音声言語の時代のわが国は、韻律と旋律を持った言葉が極めて豊かな力を持つ「言霊《ことだま》の幸《さきわ》う国」となったのである。

文字を持たない音声言語の世界では、発声に伴う身振り手振りの身体言語が、後代とは比べものにならないくらい重要な意味を持つ。声に出して歌う大和歌の伝播《でんぱ》と洗練は、必然的に身体言語の身振り手振りをより様式化し典型化した舞踊に昇華させた。歌はつねに舞いとともにあった。すなわち大八洲国は、生きるための日常的な営みに勝るとも劣らないくらい、自己（と共同体）の喜びや悲しみ、苦しみや恋しさを、全身で訴える非日常的な歌唱と舞踊が、暮しに不可欠なものとして大いに尊重され、人びとをともに悲しませ、慰め、癒《い》やし、励まし、力づけて、満たされた気持に導いていく「芸能の幸《さきわ》う国」であった。

文字を知るまえの大和が、今とは比べものにならないほど複雑で豊かな陰翳《いんえい》を持つ音声言語の世界であり、繊細で壮大な詩的言語の宇宙であったことは、『万葉集』に歴然と示されている。

音声言語の時代に始まった『万葉集』の歌人たちは、いうまでもなく机に向かい筆を執って歌を作ったわけではない。歌人とはつまり歌手である。聴衆（観客）の目の前で、その場で出されたいかなる課題にも応え、五七五七七という大和歌の旋律と韻律に合わせて、舞いながら歌い出し、即興で見事に一首の歌を完成させて、人びとの感嘆を集め、喝采と感動を呼んだのである。

その意味で即興詩人である『万葉集』の歌人たちは、今日の言葉でいえば何《いず》れ劣らぬ美声のシンガー＝ソングライターで、とりわけ柿本人《かきのもとのひと》麻呂《まろ》や山部赤人《やまべのあかひと》や額田王《ぬかたのおおきみ》といった天才歌人は、宮廷を劇場とする即席の歌劇の大スターともいうべき存在なのであった。

音声言語時代のわが国の宮廷が、いかに当意即妙の機知が縦横に行き交う、優雅で洗練された社交の場であったかを示すため、まずその一場面を詳しく具体的に見てみよう。

（二）

「紫草《むらさき》のにほへる妹《いも》を憎くあらば人嬬《ひとづま》ゆゑに吾《われ》恋ひめやも」

斎藤茂吉《もきち》が「万葉集の傑作の一つ」と高く評価するこの歌を、作者の大海人皇子（のちの天武《てんむ》天皇）が、内に秘めていた恋心を大胆に告白した情熱的な恋歌として読む人は、今も少なくないであろう。

だが、山本健吉によれば、それに先立つ、

「あかねさす紫《むらさき》野《の》行き標野《しめの》行き野守《のもり》は見ずや君が袖振る」

という額田王の問いかけに応えて発せられた大海人皇子の歌は、恋歌ではなく、その場の座興で作られた戯《ざ》れ歌《うた》なのである。

額田王は、はじめ大海人皇子に愛されて十市皇女《とおちのひめみこ》を産んだ後に、大海人皇子の兄の中大兄皇子《なかのおおえのおうじ》（天智天皇）に娶《めと》られた。これを現代の三角関係のように取れば、大海人皇子は自分から去って行って、今は天皇の嬬《つま》である相手に、忘れ得ぬ慕情を抱《いだ》き続けている……という大胆で情熱的な愛の告白になるわけだが、しかし、このときの額田王は数え年で三十八歳。当時の通念では疾《と》うの昔に女盛りを過ぎた姥桜《うばざくら》で、天智天皇、大海人皇子ともそれほど変わらない年齢であった。

その姥桜が、今なお「野守」（天皇）と「袖を振る君」（大海人皇子）の双方に想われているとでもいうような——花の盛りの風情《ふぜい》を装って、つまりは自分の錯覚に気づいていない素振りの演技で舞いながら、まるで真実の話のように三人の微妙な関係を歌ったことが、それに続く大海人皇子の機転と相俟《あいま》って、天智天皇と一座の人びとの哄笑《こうしょう》と喝采を呼んだのである。

中大兄皇子が、飛鳥から近江の大津に都を遷して即位した年の五月五日、古代中国から伝わった邪気を払うため野に出て薬草を摘む習わしがある端午の節句に、蒲生野《がもうの》（現・滋賀県東近江市《ひがしおうみし》西南部）において恒例の薬猟《みかり》の行事が執り行なわれた。これは冠位に応じた色とりどりの狩装束を身につけて、薬草や鹿茸《ろくじょう》（牡鹿《おじか》の生え始めの幼角を切断し削って干せば高貴な漢方薬となる）を狩る華麗な宮廷行事で、このときは天皇に大海人皇子、皇族、中臣鎌足《なかとみのかまたり》はじめ大津宮の内臣、群臣がことごとく供奉《ぐぶ》していた。

薬猟を終えた後の野宴では、常の通り嬥歌《かがい》（歌垣）が行なわれ、この日の行事や景色を主題にして男女が掛合いをする歌競べに、天智朝のいつもの例で皮切りを務めるよう名指しされたのが、大スターの額田王である。

一座の中央に進み出た額田王は、いかにも少女のように可憐《かれん》な仕草と面持と声で舞いながら、この日の行事や場所に合わせて、漢方の生薬および染料として貴重な「紫草」を栽培するため、朝廷が官轄して一般の人間は入れない御料地の「標野」の語を歌に詠み込んで、「野守」に見立てた即位直後の天皇に、「袖を振る君」の大海人皇子と私との仲が、「気にはなりませんか」と、軽くからかう調子の問いかけを発した。

とうぜん一座の視線は天皇に向かう。いったい天皇はどう応えるのか……。

そのとき、中央に進み出て、今の額田王の手弱女《たおやめ》ぶりとは対照的な丈夫《ますらお》ぶりの身振り手振りで舞いながら、音吐朗朗と歌い出したのが、大海人皇子である。

「いかに天皇の嬬《つま》になろうとも、吾が今もあなたを恋しているのは、解《わか》りきったことではありませぬか」

額田王との恋は遠い昔の話で、今ではすっかり消《き》え失《う》せていたものを、当意即妙にそう歌うことによって、大海人皇子は天智天皇と額田王の双方の顔を立て、一座に生じた軽い緊張を瞬時に解きほぐし、それを笑声と感嘆と喝采に変えたのだった。

大海人皇子と子までなした額田王が、どのようにして中大兄皇子に娶られたのか、詳しい経緯は解らないが、天皇の最高の任務は祭儀を司《つかさど》ることであるから、即位せずに皇太子として政務を執っていた中大兄皇子が、自らの「まつりごと」の巫女《みこ》（主演女優）として是非とも必要であったに違いないのは、記録にのこる額田王の歌によって証明される。

（二）

「熟田津《にきたつ》に船乗りせむと月待てば潮もかなひぬ今は漕《こ》ぎ出《い》でな」

唐と新羅《しらぎ》に攻め滅ぼされた友好国百済《くだら》の復興を図って、新羅征討に向かう斉明《さいめい》天皇（中大兄皇子、大海人皇子の母）の大船団が、熟田津（現・愛媛県松山市）を船出する前の祭儀に歌われたこの歌は、『万葉集』には斉明天皇の御製と注釈されているが、まさに絶唱と称すべき雄渾《ゆうこん》な歌調は、額田王の天才なくしてあり得た筈《はず》がなく、多数の軍勢を前に、斉明天皇に代わって航海の無事と戦いの勝利を祈り、夜の浜辺で威風堂堂と独唱する姿は、歌劇のプリマドンナを連想させる。

「三輪山をしかも隠すか雲だにも情《こころ》あらなも隠さふべしや」

これは中大兄皇子が近江へ都を遷すにあたり、二百年もの長きにわたって都であった飛鳥に別れを告げる国境《くにざかい》の山上での祭儀で、三輪山に眠る大物主神《おおものぬしのかみ》（大国主神《おおくにぬしのかみ》と同神とされ、祟《たた》り神でもある）の神霊よ安かれ、と巫女の額田王が歌った魂鎮《たましず》めの歌だ。

飛鳥人が朝な夕なに手を合わせて拝んできた三輪山の姿が、雲に隠されて見えない。雲よ、こころあらば隠さずに見せてほしい、あの懐かしいお姿を……。

「まほろば」の飛鳥に二百年のあいだ伝わった都の伝統を根こそぎ引き抜いて、それまで何もない「天離《あまざか》る鄙《ひな》」の大津に新たな都を作ろうとする中大兄皇子の近江遷都には、貴族や豪族や朝廷の官吏ばかりでなく、民百姓の隅隅にいたるまで反対と怨嗟《えんさ》の声が高かった。

わが国の古代史における最大の内乱で、結果として「日本」という国家の原型を定めるもとになった「壬申の乱」の遠因は、中大兄皇子＝天智天皇の近江遷都にあったと考えられる。

遷都が号令されたときから、巷《ちまた》にはそれに憤慨して、政道を諷諌《ふうかん》したり、天変地異を予言したりする流行《はや》り歌が多く流れ、昼となく夜となく抗議の意を表明する官庁や高官の屋敷への放火が相次いだ。

それほど広範囲の激しい反対を押し切って、遷都を強行した理由は、いったい何処《どこ》にあったのだろう。それはたぶん天智天皇が、長男の大友皇子を皇位継承者にしたい……とおもい立たれたことにあったのに違いない。

実際にはそれまで長年のあいだ、「皇太弟《こうたいてい》」とか「東宮《はるのみや》」（皇太子の称）と呼ばれ、政務に示す実力だけでなく、歌人としての才能も高く評価されて、貴族や豪族たちの人望が厚い大海人皇子が、皇位継承者の地位にあり、やがて次代の天皇となるであろうことは、誰も疑わない既定の道筋になっていた。

一方、大友皇子もまた若くして出色の詩才の持主であった。ただし、大海人皇子が大和歌の歌人であるのに対して、大友皇子は漢詩人である。

大友皇子の漢詩は、日本最古の漢詩集『懐風藻《かいふうそう》』の巻頭に掲げられており、これによってわが国における漢詩の第一人者と目されていたことが解る。

漢詩に付された略伝は、大友皇子の魁偉《かいい》な人品骨柄、宏大《こうだい》で深遠な性格、文武の双方にわたる博学と才幹を絶賛し、唐の使者として接した劉徳高《りゅうとくこう》が「この皇子、風骨世間の人に似ず。実《まこと》にこの国の分にあらず」と称したという挿話を紹介する。とてもこの国の人とはおもえない、と語ったというのである。おそらく漢語をネイティブスピーカーのように完璧に話す抜群の秀才だったのであろう。それとともに劉徳高が倭人《わじん》を唐人より下に見る意識が覗《のぞ》いている点にもご留意いただきたい。

近江国大津に都を遷して四年後の正月五日、帝《みかど》は二十四歳の大友皇子を、わが国で最初の太政大臣《だいじょうだいじん》に任命した（大友皇子贔屓《びいき》の『懐風藻』の略伝はいう、皇子が百官の長となったとき、すべての臣下は畏《おそ》れて粛然とひれ伏した……と）。

帝はまた太政大臣の下に、蘇我赤兄《そがのあかえ》を左大臣、中臣金《なかとみのかね》を右大臣、蘇我果安《はたやす》、巨勢人《こせのひと》、紀大人《きのうし》を、御史大夫《ぎょしたいふ》（大納言《だいなごん》の古称）に起用し、智謀の実力者を揃《そろ》えることによって、将来の輔弼《ほひつ》につながる万全の体制を調えた。

太政大臣となった大友皇子は、百済から帰化した沙宅紹明《さたくしょうみょう》、塔本春初《とうほんしゅんそ》、吉太尚《きちだいしょう》、許《こ》率母《そちも》、木素貴子《もくそきし》などの学者を、宮廷の賓客《ひんかく》（顧問）に招いた。

新たに建設された近江大津宮の外観と内部はどんな様子であったのか、これも『懐風藻』によれば、近江の海（琵琶湖《びわこ》）を見下ろす唐風の豪華な宮殿では、しばしば文学の士を招いて、琴酒の宴が開かれ、天子と賢臣によって、漢語の詩文が数知れず作られた……。

つまり唐風の文化が絢爛《けんらん》と花開いていたわけで、そのような場で大友皇子はつねに中心をなす花形的存在であったろう（唐の学問と言葉に精通した帰化人が賓客として招かれていたわけだから、会話も漢語で交わされていたかもしれない）。

何から何まで唐風の宮廷は、国内に忽然《こつぜん》と出現した「異国」のようなもので、上流の貴族や豪族にはそのエキゾチシズムに魅せられる人も少なからずいたであろうけれど、捨てられた旧都の飛鳥やそこへの愛着を忘れ兼ねていた地方の豪族には、違和感や反感を抱く人のほうが遥かに多かったに相違ない。

そして、宮廷にあっても、大和歌と大和言葉――すなわち国風の文化を何よりも愛する大海人皇子にとって、急速に唐風一色に塗《ぬ》り潰《つぶ》されていく周囲の光景は、違和感や反感を越えて、肌寒い危機感さえ覚えさせるものであったろう。

大友皇子を太政大臣に任命した年の十月十七日、重篤な病の床に伏した帝は、大海人皇子を寝所に呼び寄せて、こう詔《みことのり》した。

「朕《われ》の命数はもはや尽きた。皇位を汝《いまし》に譲りたい」

それを承諾すれば、皇位を簒奪《さんだつ》しようとしたという濡《ぬ》れ衣《ぎぬ》を着せられて殺される（現に十三年前、従兄弟《いとこ》の有馬皇子《ありまのみこ》は中大兄皇子の意を受けた蘇我赤兄〈現・左大臣〉にそそのかされ、斉明天皇に謀反《たくら》を企んだとされて、赤兄の通報により捕えられ処刑されていた……）。

おなじ気配を察知した大海人皇子は、

「皇位は皇后にお譲りになられ、政務は太政大臣（大友皇子）にお任せになられますよう。天皇の平癒を祈願するため、吾は出家して吉野に籠もり、仏道修行に専念いたします」

と告げて、すぐさま内裏の仏殿で剃髪《ていはつ》して沙門《しゃもん》となり、二日後には参籠先とした吉野宮（離宮）に向かって旅立った。まことに水際立った立居振舞で、前から予定されていた行動であったとしかおもえない。

自邸の武器を悉く《ことごと》所司《しょし》に納め、御后《おきさき》と二人の皇子、武装を解いた舎人《とねり》と女孺《めのわらわ》だけを従えて、大和国の吉野へ向かう僧形《そうぎょう》の大海人皇子を、左大臣蘇我赤兄、右大臣中臣金、大納言蘇我果安らが、見送りと監視を兼ねて宇治まで送って行った。

去って行く大海人皇子一行の後ろ姿を見守りつつ、一人が呟《つぶや》いた。

「虎に翼をつけて野に放つようなものだ」

（四）

「壬申の乱」と呼ばれることになる内戦で、どちらが先に行動を起こしたのかは定かでない。

時の流れを順に追って述べれば、大海人皇子一行が吉野宮に入って一月半後に、天智天皇崩御の急報が届く。

　翌年の六月下旬、大海人皇子は、先に動きを見せた近江朝廷の軍に対抗する、という名目で行動を開始した。

　まず東国（このころは畿内より東の国の意味）を目ざした大海人皇子に従ったのは、御后と草壁皇子《くさかべのみこ》、忍壁皇子《おさかべのみこ》、それに武器を持たない舎人二十人ほどと、女孺十人あまりで、むろんたったこれだけの無力な人数で、多数の正規軍を擁する近江朝廷に対抗できる筈はない。

　吉野を発つまえ、大海人皇子は美濃《みの》の豪族の出身である三人の舎人に、

「近江朝廷は、朕《われ》を殺そうと謀っている。汝《いまし》らは直ちに美濃国に戻り、これこれの役人に朕の計略を明かして、それぞれの郡《こおり》の兵を発《おこ》せ。また国司たちに触れて、諸国の軍を発し、速やかに不破道《ふわのみち》（近江国と美濃国の境を通って畿内と東国を結ぶ要路）を塞《ふさ》げ。朕もすぐに出発する」

　と告げた。大海人皇子が名前を挙げて働きかけるよう命じた美濃国の役人には、すでに話が仄《ほの》めかされていた筈で、つまり作戦はずっと以前から考え抜かれて周到に計画されていたのに違いない。

　大海人皇子がまえから直轄領を保有して関係があった美濃国だけでなく、他の諸国にも密使が差し向けられていたのであろう。大和国を出て、大海人皇子の一行が入った伊《い》

賀国《がのくに》の山中には、この国の郡司たちが数百の軍勢を率いて集まって来た。

鈴鹿山地へ入る麓《ふもと》で、このあと大海人軍の総司令官となる長子の高市皇子《たけちのみこ》が、近江大津宮から脱出して来て合流する。

大海人皇子の挙兵の報が、近江朝廷に伝わると、『懐風藻』によれば百官の長となった大友皇子を畏れ、粛然とひれ伏した筈の廷臣に動揺が生じて、大海人皇子が向かったという東国へ走ったり、山に入って隠れようとする者も出てきた。

高市皇子を加え、鈴鹿山地を越えて達した伊勢国の国府鈴鹿では、国司が五百の軍勢とともに大海人軍を出迎えた。

大海人軍が当初の目標にしたのは「不破の関」（現・岐阜県不破郡関ヶ原町）で、近江京を防衛するため東国からの交通を断つには最も肝要とされていた関所であるから、先にそこを占拠すれば、勇猛の兵を多く擁する東国の豪族から近江朝廷を孤立させることができる。

美濃国の不破を目ざし、鈴鹿から海（伊勢湾）に沿った道を進んで行く途中、海の向こうに伊勢神宮の所在地が遠望できる地点で、大海人軍にとって極めて重要な儀式が行なわれた。

六月二十六日の朝、太陽が昇る時刻に、朝明郡《あさけのこおり》迹太川《とほかわ》（現・朝明川）の河口付近で、まだ数は少ないがそれまでに集まった軍勢を背に、大海人皇子は海のかなたの伊勢《いせ》神宮に向かい、厳かに手を広げ、柏手《かしわで》を打って、そこに鎮座する天照大御神《あまてらすおおみかみ》を恭《うやうや》しく遥拝し、戦いの勝利を祈念した。

それは大海人皇子にとって、近江朝廷に対して起こした戦《いくさ》の大義を明かす最も枢要な儀式であった。

すなわち「朕《われ》こそは、神代の昔から永久《とわ》に続く皇祖神、日神《ひのかみ》である天照大御神の正統を受け継ぐ唯一人の天皇である」ということを、これからしだいに数を増して行くであろう麾下《きか》の全軍と、近江朝廷の双方に対し、具体的に示して旗幟《きし》を鮮明にしたのである。

（五）

およそ一箇月にわたって、各地で激しく繰り広げられた戦いを、ここでは大和での象徴的な緒戦にしぼって見てみたい。

大海人皇子の挙兵が伝わると、近江大津宮の廷臣大伴吹負《ふけい》は、病と称して兄馬来田《まぐた》とともに、飛鳥（古 京《ふるきみやこ》とも倭 京《やまとのみやこ》ともいう）の実家に帰った。

間もなく、大海人軍の総司令官高市皇子が不破の関を占拠し、その近くに行宮《あんぐう》（仮宮）を設けたことを知った大伴吹負は、朝廷の倭京留守役の役人を味方につけ、「われが高市皇子と称して数十騎を率い、飛鳥寺の北の路から（朝廷軍の）軍営に入るゆえ、汝らはそれに呼応せよ」と告げて、まず先触れに裸形で馬に乗った（つまり衣服をまとう暇もないほど慌てた様子の）男を軍営に駆け込ませ、「高市皇子が大軍を率いて、不破からやって来たぞ」と大声で連呼させた。

飛鳥寺の西にあった軍営の兵の多くは、これを聞いて逸散に逃げ去り、内通していた役人とともに残っていた少数の兵も、そこへ数十騎を従えて駆けつけた大伴吹負に帰服した。

吹負は大伴安麻呂を使者として、不破の行宮に捷報《しょうほう》を伝えさせ、大海人皇子は大いにその勲功を賞して、吹負を倭京将軍に任命した。このとき使者に立った大伴安麻呂は、吹負の甥《おい》で、その安麻呂の子が、「あな醜《みにく》賢しらをすと酒飲まぬ人をよく見れば猿にかも似る」などとユーモラスに「酒を讃《ほ》むる歌」を歌った大伴旅人《たびと》であり、さらにその子が、「海行かば水漬《みづ》く屍《かばね》　山行かば草生《む》す屍　大君の辺にこそ死なめ　顧みはせじ」など収められた歌の数が最も多い――『万葉集』の編纂者と目される大伴家持《やかもち》である。

大伴氏は、もともと神代の天孫降臨に、天降《あまくだ》る隊列の先頭に立って警衛にあたった天忍日命《あめのおしひのみこと》の後裔《こうえい》とされ、古来久しく大和朝廷の軍事を主に受け持つ一方、宮廷歌人として大君への忠誠を誓う和歌の伝統も守ってきた文武両道の名門であったが、中大兄皇子＝天智天皇の世に入ってからはなぜか冷遇され、要職から遠ざけられていた。

壬申の乱で大海人皇子が敗れていれば、反乱軍に加わった大伴氏もともに滅び去って、古代のわが国がいかに繊細で壮大な「言霊の幸う国」であったかを示す『万葉集』は、恐らくこの世に現われていない。

もし大友皇子が勝っていたら、近江京と諸国の官庁の公用語は漢語で、上流階級と知識階級は漢文で読み書きし、和語しか話せない大多数の国民は読むことも書くこともできない二重言語の国になって、結局は唐の冊封体制下の一小国と化していただろう。

古代最大の内戦は、漢詩と和歌、唐風と国風の戦いでもあったのだ。まえに壬申の乱が「日本」という国家の原型を定めるもとになった……と述べたのは、第一にそういう意味なのである。

中臣鎌足と組んで、大化改新の口火を切った中大兄皇子が理想としたのは、当時世界最高の大帝国であった唐の政治体制（皇帝を中心とする律令制の中央集権国家）であった。

先進国唐の最新の文明と政治に心酔していた中大兄皇子には、それから二十年経っても改革が遅遅として進まず、理想から程遠い現実が耐え難くて、ここで飛鳥の地にからみつくさまざまな古い柵《しがらみ》を一切すっぱりと断ち切り、湖上の水路と東海道・東山道・北陸道のすべてに連なる交通の要衝――近江国大津を新天地として、若き日におもい描いた理想の国家と理想の都を一気に実現させたいと考え、新しい時代の天皇の座には、幼少からの英才教育の甲斐《かい》あって生粋《きっすい》の唐人と見られるまでに目覚ましい成長を遂げたわが子大友皇子をつけたいと切に願った……。

それが朝野にわたった反対を押し切って、近江遷都を強行した最大の理由であったとおもわれる。

一方、天智天皇と離れた大海人皇子にとって最大の支持基盤となったのは、唐から百済を通じて仏教が渡来して以後のいまも、地元に土着する八《や》百万《およろず》の氏神を篤く信仰して、昔ながらのしきたりと習わしに従って生きている地方の豪族たちであった。

近江朝廷軍の名立たる将軍たちにしてみれば、自分たちこそ亡き天智天皇の遺志に殉ずる官軍であって、それに反旗を翻した大海人軍は許すべからざる賊軍なのであるから、何《いず》れも死力を尽くして戦い、各所で凄惨《せいさん》な戦闘が続いたが、結局、大海人軍が最初に不破の関を占拠してそこに行宮を置き、勇猛をもって鳴る東国の豪族の軍勢を糾合して味方につけたことが、勝敗の帰趨《きすう》を決定づけた。

壬申の乱で最大の激闘となった瀬田橋（現・大津市）での決戦は、大海人軍の勝利となり、逃れた大友皇子は翌日、自ら縊《くび》れて世を去った。

飛鳥に凱旋《がいせん》した大海人皇子は、新たな皇居を飛鳥浄御原《きよみはら》に定め、新築成った浄御原宮で即位した。「大君は神にしませば赤駒のはらばふ田居《たゐ》を京師《みやこ》となしつ」。何もなかった田野に新たな都を作り上げたことを神の御業《みわざ》と讃《たた》えるこの歌を詠んだ将軍大伴御行《みゆき》は、緒戦の倭京の捷報を不破の行宮に急報した大伴吹負の甥である。

こうして天武天皇は、わが国で初めて「神」と呼ばれ、「天皇」を称号とし、「日本」

を国号とする最初の大君となったのだった。

（六）

壬申の乱において、地方豪族の武力を結集して近江朝を倒した天武天皇の治世は、平時においても「地方の時代」であり、歌謡と舞踊を重んずる「芸能の時代」であった。

即位して四年目の二月、帝は大和・河内《かわち》・摂津《せっつ》・山背《やましろ》・播磨《はりま》・淡路《あわじ》・丹波《たんば》・但馬《たじま》・近江・若狭《わかさ》・伊勢・美濃・尾張《おわり》などの各国に詔して、「国中の百姓《おおみたから》の能《よ》く歌う男女《おのこめのこ》、及び侏儒《ひきひと》、伎人《わざひと》を選びて奉れ」と命じた。

これが後年、大宝律令に定められる「雅楽寮《うたのつかさ》」の起源である。令制において治部省《じぶしょう》に属した雅楽寮の構成と人員数は、楽官六人の下に楽師として、歌師四人、歌人四〇人、歌女一〇〇人、舞師四人、舞生一〇〇人、笛師二人、笛工八人、笛生六人、唐楽師一二人、唐楽生六〇人、高麗楽師四人、高麗楽生二〇人、百済楽師四人、百済楽生二〇人、新羅楽師四人、新羅楽生二〇人……を置くよう定められた。

これより溯《さかのぼ》って推測すれば、天武朝の中期においてすでに、かなりの規模で高水準の音楽学校であり、歌劇団であったと見てよいであろう。

林屋辰三郎《たつさぶろう》によれば「当初の雅楽寮の体制は日本と東洋の二本立てになっていたと考えられる」という。

天武天皇は前記の歌人募集に引き続き、「諸国の歌男《うたお》、歌女《うため》、笛吹く者は、おのが子孫に伝えて歌笛を習わしめよ」という詔を発して、各地方独特の歌風と楽風の保存と発展に努めさせ、またそれまでは唐楽と高麗楽が主であった宮廷の雅楽に、久米舞《くめまい》、五《ご》節舞《せちのまい》、楯節舞《たたふしのまい》、筑紫舞《つくしまい》など諸国の国風歌舞《くにぶりのうたまい》を加えさせた。

天武天皇は、唐風一辺倒の近江朝を倒したが、しかし、決して国風一辺倒であった訳ではない。後段に詳しく述べるように、和語と漢字の見事な融合、神社と仏寺の和《やわ》らかな共存——という二元の構造こそ、わが国の文化の最大の特徴であって、それは天武朝に始まるのだが、本邦の音楽の教育と演奏もまた、東洋風と和風の二本立てで始められていたのである。古代から中世まで、そのような二元の楽府を持つ宮廷が、世界中のほかのどこにあったろう。

天武天皇は、諸国の民謡の優れた歌手と芸能者を宮廷の楽府に集め、各各を競い合わせることによって、技芸の充実と向上を図り、それまで個個の地域だけに属するものであった歌謡と芸能を、他の地方にも通じる普遍的な歌謡と芸能へと昇華させて行った。またそれは、諸国の口承の伝説や歌物語を朝廷に結集し、共通語の大和言葉として各地に送り返す働きもしたであろう。

各地の方言で歌われていた民謡を、帝が自分の耳で聞き分けて、それぞれ独自の意味と感情を正確に知ろうとしたのは、聖徳太子の現代においても有名な故事に学んだものとおもわれる（帝が編纂を命じた『日本書紀』の「推古紀」に出てくる挿話だから知らなかった筈はない）。

「推古紀」が「一度に十人の訴えを聞いて全て正確に理解した」と伝える挿話を、現代では十人がいっぺんに喋《しゃべ》ったのをちゃんと聞き分けた……などという解釈が行なわれているが、そんな馬鹿な話がある訳がない。

冒頭に述べたように、大八洲国の人びとは、地元以外にはほとんど通じない方言で話していた（筆者は、兄が戦死したフィリピン・ルソン島北部山岳地帯の秘境マヨヤオを三度訪ねたが、そこで話されているマヨヤオ方言は、山をひとつ越えればもう通じない、といわれていた）。

聖徳太子は、次から次へと違った外国語のような言葉で話す十人の訴えを、的確に聞き取って記憶する卓越した言語感覚と頭脳の持主で、だからこそ「豊聡耳皇子《とよとみみのひつぎのみこ》」とも「八耳命《やつみみのみこと》」とも称されて尊ばれたのである。「聡」の文字が示す通り、古代において「耳」と頭のよさ、感覚の鋭さ、記憶力のよさは、切り離せないものだった。

聖徳太子には未完の大事業があった。推古三十年（六二二）に薨去《こうきょ》する二年ほど前から、推古朝の実力者蘇我馬子《うまこ》と組んで始めた本邦最初の国史編纂作業である。

これは天皇の系譜を記す帝紀、大八洲国の諸国の伝承、朝廷に仕える臣《おみ》・連《むらじ》・伴《ともの》造《みやつこ》・国 造《くにのみやつこ》・百 八十部《ももあまりやそとも》の列伝、さらにそれだけにとどまらず公 民《おおみたから》の主な人物の紀伝にいたるまで、尽《ことごと》く記録しようという、実に壮大極まりない計画だったのだが、むろん簡単に完成する筈がなく、太子が薨去した後、蘇我氏の私邸に保管されていた初期の草稿は、大化改新で蘇我大臣家が滅ぼされたとき、邸《やしき》とともに炎上してしまい、焼け残ったほんの一部だけが、焼け跡の調査にあたった官人によって中大兄皇子に奉献された。

『日本書紀』と呼ばれることになる天武天皇の国史編纂作業は、この実現しなかった聖徳太子の遺業を受け継ごうとしたものとおもわれる。

（七）

天武十年（六八一）三月十七日、帝は、川嶋皇子《かわしまのみこ》以下六人の皇族と、中臣連大嶋以下六人の官人に、「帝紀及上古諸事」を記し定めるよう詔した。これが以後三十九年間の長期にわたって続く『日本書紀』編纂事業の始まりである。

だが、やがて帝は、川嶋皇子以下十二人の皇族と学者と官人によって編修されるのが、朝廷の公用語である漢文で記定された文献史料のみに限られることに気づかれたに違いない。

それだけでは、遠く音声言語の時代から、口承で伝わってきた大和言葉の神話や伝説や歌謡の記定ができない。天武天皇が真に望んでいたのは、天照大御神から御自身に至るまで一筋に連なる皇統の正統性の証明とともに、和語と和歌の独自性の自覚とその継承であった。

高尚で典雅な漢文と漢詩に比べれば、卑俗で幼稚と考えられていた和語の物語と歌謡の他には求められない無類の価値を、なんとか記録に残して後世に伝えることだったのである。

圧倒的な漢語文化の流入と影響によって、記録する文字を持たない古語と古歌は、しだいに影が薄れ、やがては消えてしまいかねない……。その危機感が、天武天皇をして、朝廷の修史事業とはまた別に、自分のおもい通りに『古事記《ふることぶみ》』を編もうとする個人的な作業へと駆り立てた。

『古事記』と『日本書紀』は一括《ひとくく》りに「記紀」として語られることが多いが、実はそれぞれ全く別物と言っていいほどに違う。『日本書紀』は朝廷が公式に編纂した官撰《かんせん》の「史書」だが、『古事記』は天武天皇が個人的に編んだいわば私撰の「物語」である。『古事記』と『日本書紀』の最も決定的な違いは、後者が漢文による文字言語の世界であるのに対して、前者の神代篇《へん》が生き生きと伝えるのは、この列島に住む人びとがまだ文字を知る以前の話——すなわち音声言語の世界の光景であるということだ。

大八洲国の住民が、中国の文字と思想に接するまえ、遥かな昔から伝わる音声言語（大和言葉）だけで、自分たちの神話や伝説や歌謡を歌い、感情や思考を表現していた時代の姿を、そのまま写し取ったのが『古事記』神代篇なのである。

そして天武天皇が、みずからの構想通りに『古事記』を編むために、欠くことのできない絶好の助手として選ばれたのが、稗田阿礼であった。

稗田阿礼とはどんな人であったのか、その名前が唯一そこにだけ登場する『古事記』の序文を読んでみよう。

「臣安万侶《しんやすまろ》言《もう》す」と書き出される序文は、和漢折衷の漢文で記述される本文とは違って、そこだけ当時唐で流行した典故（典拠となる故事）を繁用する華麗な四六駢儷体《しろくべんれいたい》の漢文で記されている。

『古事記』は、文字を持たない音声言語時代の大和言葉を、初めて和漢を折衷したわが国独自の漢文で書き著わしたところに、まず文学史上の画期的な意義があるのだが、序文は時の元明《げんめい》天皇に稗田阿礼の口誦《こうしょう》の撰録《せんろく》（文章に著わして記録すること）を命じられた太安万侶《おおのやすまろ》が、完成した書巻を天皇に献上したときの上表文であるから、朝廷の公用語である漢文で記された訳である。

序文は第一段において、わが国の神神と国土《くに》が生まれた所以《ゆえん》、天孫の高千穂嶺《たかちほのみね》降臨、神武《じんむ》天皇に始まる歴代の天皇の治績をごく簡略に述べたのち、第二段に入って『古事記』撰録の契機と理由が語られる。（壬申の激しい戦乱に勝利を収めて）飛鳥浄御原宮で即位された天武天皇は、やがてこう詔された。

「朕《われ》の聞くところ、諸家に伝わる帝紀（天皇の系譜）と本辞（神話・伝説・歌物語等。次に出てくる「旧辞」「先代旧辞」も同義で、口承のものが圧倒的に多い）には異同が多く、間違いも少なくない。これを正しくするのは、邦家の経緯（縦糸と横糸）、王化の鴻基《こうき》（大事業の基礎）となることであるから、諸家の帝紀と旧辞を比較検討し、偽りを削り実《まこと》を定めて、後世に伝えたいとおもう」

そのあとに続いて、初めて稗田阿礼の名前が出てくる箇所は、正確を期して倉野憲司《けんじ》校注『古事記』（岩波文庫）の原文を新字新仮名にして引用したい。

「時に舎人《とねり》ありき。姓《うじ》は稗田、名は阿礼《あれ》、年はこれ廿八。人と為《な》り聡明にして、目に度《わた》れば口に誦《よ》み、耳に払《ふ》るれば心に勒《しる》しき。すなわち、阿礼に勅語して帝皇日継及び先代旧辞を誦み習わしめたまいき」

稗田阿礼は聡明で、漢文で記された帝王日継《ていおうのひつぎ》（帝紀）を読誦《とくしょう》する能力と、口承で伝えられている大和言葉の先代旧辞を暗誦する能力の両方を兼ね備えていた。これは他に二人といない稀有《けう》の才能であったろう。

それにしてもこの引用部分の冒頭は、たいへん変わった書き方だ。「舎人稗田阿礼」とすれば済むものを、わざわざ「時に舎人ありき。姓は稗田、名は阿礼」とずいぶん大仰ないい方をしている。

これはつまり「舎人」といっても、この人はどこか普通でない特別な存在ですよ……

ということを暗示しているのである。

(八)

稗田阿礼はわが国で最初の女性作家であった。

そういえば、何を突拍子もないことを……と失笑を買うに違いないが、まず稗田阿礼を女性とする説は、ずいぶん昔からあった話である。

稗田阿礼の性別に関しては、やはり誰よりも先に、三十余年の歳月を費やして江戸中期に完成された全四十四巻の大著『古事記伝』の著者本居宣長《もとおりのりなが》の考えを聞くべきであろう。

太安万侶の撰録と献上から、千年以上の時が流れるうちに、その存在がすっかり世に忘れ去られ、殆ど解読不能になっていた『古事記』の漢字の原文を、和語としてほぼ全て明確に読み解き、その無類の価値を明らかにした稀代の碩学本居宣長の画期の注釈書『古事記伝』が生まれていなければ、わが国最古の古典は、歴史の闇の奥にずっと埋もれたままになっていたのかもしれないのである。

日本人に『古事記』の存在を知らしめた本居宣長は、稗田阿礼について「天ノ鈿女《ウズメノ》命之後也」と述べたのち、天武天皇の崩御から二十五年後に元明天皇(女帝)の命によって始められた太安万侶の撰録に臨んださいの当人を「稗田ノ老翁《ヲジ》」と形容した。男性と考えていたことに疑いはない。

ところが、その宣長に深く傾倒して没後の門人と称していた平田篤胤《ひらたあつたね》はこう主張した。

「阿礼はまことに天宇受売命《あめのうずめのみこと》の裔《はつこ》にて、女舎人《ひめとね》なるとおぼえたり。宇受売命の裔《すえ》なれば、女といわざらんも女なること、その世には分明《けやけ》きこと、宇受売命の裔《はつこ》は、女の仕え奉る例なればなり」と。

明治に入ってからも、伊勢・神宮皇學館の第五代館長となる神宮少宮司《しょうぐうじ》木野戸《きのと》勝隆は、出自の詳細な考証に基づいて、稗田阿礼は天鈿女命の後裔である猿女君《さるめのきみ》の一族にて、天武天皇に仕え奉る女刀禰《ヒメトネ》なり、と唱え、明治の著名な国学者井上頼圀《よりくに》が『古事記考』でその説を補強して女性説を支持し、さらにその流れを汲《く》んで、柳田國男《やなぎたくにお》も『妹の力』（昭和十五年）で、阿礼は神楽《かぐら》をもって朝廷に仕えた猿女君の一員と説いた。

稗田阿礼＝女性説に対して、最も手厳しい批判者となったのは、昭和前期の鬱然《うつぜん》たる国語学の大家で、東北帝国大学教授から官立神宮皇學館大学の初代学長に挙げられた文学博士山田孝雄《よしお》である。

国幣中社志波彦《しわひこ》神社・塩竈《しおがま》神社から刊行された『古事記序文講義』（昭和十年）で、博士はおおよそ次のように述べる。

支那において舎人という名称は古くから使われているが、漢以後は天子や貴人に近侍し、帯剣し武装して警衛にあたった。これらはみな男であろう。日本では大宝令に大《オオ》舎人《トネリ》、内舎人《ウチトネリ》があるが、どちらも男で武装している。支那でも日本でもみな男で、女が舎人である例はない。大宝令は天武天皇より後のものであるが、それ以前に溯ってみても、女の例はひとつも出てこない。舎人を「トネ」と読んだ例もない。ゆえに舎人を女とすることは、絶対に成立しない……。

この一刀両断の明快な断定によって、稗田阿礼＝女性説は、木《こ》っ端微塵《ぱみじん》に粉砕されたかにおもわれた。

けれど、もし、稗田阿礼が男装し武装した舎人として、天武天皇に近侍していたとしたらどうであろう。天宇受売命の後裔の猿女君であるならば、神楽の舞台で男装し、男役に扮《ふん》して舞うのは至極当り前のことで、少しも不思議な話ではない。

朝廷の中務省《なかつかさしょう》縫殿寮《ぬいどののつかさ》に属する女官の猿女君は、さまざまな公式の儀礼で神楽を演じ、多種多様の物語歌を舞い歌うほか、この世を去った死者の言葉を伝える口寄せの巫女の役も務め、そのなかの主たる者は憑依《ひょうい》状態になって神の託宣を告げる任務を担っていた。

本居宣長は『古事記』序文のなかの――太安万侶が元明天皇に撰録を命じられた「稗田阿礼の誦む所の勅語の旧辞（歌物語）」というくだりの「勅語」（大御言《おおみこと》）という言葉を重く見て、これはもともと天武天皇が御みずから口誦された物語を、阿礼が暗記してその通りに暗誦したのであると解釈した。そうとすれば『古事記』の作者は天武天皇であるということになる。

岩波文庫『古事記』の校注者倉野憲司は、巻末の解説に要約すればこう記した。

上巻は日本書紀の神代の巻に相当するものであるが、それだけで一つにまとまった神話体系を構成しており、その構成は立体的である。即ち、イザナキ・イザナミの男女二神の結婚による大八島国の生成、次いで天照大御神を主宰者とする天上国家の成立、そしてその天上国家の地上への移行、言い換えると、天つ神の御子《みこ》の降臨による日本国家の創建という三つの事柄が、極めて有機的に結びつけられて、「建国の由来」が見事に立体的に物語られているのである。そうして、より下位の、また局部的の神話や神統や歌謡等は、それぞれこの主題に集中せしめられ、しっかりとこれを支えているのであって、その構成美には驚嘆せざるを得ないのである……。

このような一貫性と整合性を併せ持つ構成美は、学者や官人が集まって討議する場から生まれる筈がなく、ただ一人の人間、つまり「作家」の頭脳からしか生まれ得ない性質のものだ。

『古事記』と『日本書紀』の極めて大きな違いがここに在る。複数の学者と官人によって編まれ、「一書《あるふみ》に曰《いわ》く」として諸説を網羅して行く『日本書紀』が極言すれば「史料集」であるのに対して、『古事記』は一人の作家の脳裡《のうり》の構想にしたがって綴《つづ》られた「作品」なのである。

すでに文献史料になっている帝紀や旧辞を比較検討して、「偽りを削り実を定める」のは、文献学を知らない当時の学者や官人にできる仕事ではないので、結果として「史料集」となったのは良心的であるともいえ、それに対し上御一人《かみごいちにん》の確固とした伝承と信条に基づいて「建国の由来」を自明の物語として述べられるのは、天武天皇以外にはあり得ない。

みずからの脳裡におもい描かれた物語を後世に伝えるため、絶好の助手として起用した稗田阿礼に、天武天皇が当初期待したのは、いまの言葉でいえばテープレコーダーの役割であったろう。

『古事記』の制作過程を考える上において、すこぶる重要なのは、天武天皇が崩御されてから、元明女帝の命を受けた太安万侶による撰録の開始まで、実に二十五年の歳月が流れていることだ。これほどの長い間、中務省縫殿寮の女官である稗田阿礼は、天武天皇の大御言の暗誦を日課として、それを休む日はほとんど一日もなかったろう。天武天皇は、自分の最大の遺産となる筈の『古事記』の完成を夢に見つつ、志なかばにして去らなければならない無念をこの世に遺して逝った。死者がいい残した言葉を代わって伝えるのは、巫女には至上の任務である。

そうした月日が経つにつれて、テープレコーダーは自分の意志を持ち始めた。阿礼自身はそうはおもっていない。巫女はときに憑依状態になって神の言葉を告げる。阿礼にとって天武天皇は神である。いつしか天武天皇になり代わり、崩御する直前まで示されていた基本の構図を脳裡に描きながら、漢文の記録と口承の伝説・歌物語の双方に基づいて、未完の物語を一人で先へ先へと進めて行ったことは、出来上がった作品からして疑えない。

また口誦を限りなく繰り返しつつ脳裡の推敲《すいこう》を重ねるにつれて、全篇の行間に女性の感性と想像力がじわじわと滲《にじ》み出してきた。

最初は天武天皇の口誦の暗誦者として出発した稗田阿礼が、天皇が崩御したあと次第に共作者へと変化し、ついには全体を統括する最終的な作者となったと考えるのは、完成された『古事記』の全篇にわたって随所に女性にしかあり得ない視点が存在するからだ。

天武天皇の在世中に撰録にまで至っていたらこうはいかなかったかもしれない。だが制作が開始された最初の経緯と、巫女という性格からして、阿礼が唱えるのは、いまはなき帝の大御言に違いないのだから、それに対して異を挟むことは誰にもできない。

こうして二十五年の歳月をかけて出来上がった『古事記』の殊に神代篇は、生き生きと活躍する男女の多彩な人物像が醸し出す興味津津《きょうみしんしん》の物語が、見事な構成美を形成して展開される上乗の劇作品となった。

稗田阿礼は日本最初の女性作家であるといっても、あながち奇矯《ききょう》の言ではないと考えられるのである。

（九）

天武天皇は今日のわれわれのように、『古事記』を専ら書物としてのみ扱い、ひたすらテキストの文字面を目で追って黙読する「読者」の存在を予想していたであろうか。

それは全く考えも及ばぬ事態であったに相違ない。新人類（ホモ・サピエンス）に始まる約三万年の人間の歴史において、文字が使われ出したのは紀元前四千年紀後半からで、黙読の習慣がついたのはたかだかここ数百年来のことである。それまでは世界中どこでも読書は声に出して朗読するものであった。

天武天皇は『古事記』が語りかけ、訴えかけようとする対象を、文字を知る当時はごく少数の「読者」に限定していたであろうか。

これも断じてあり得ない。口誦者によって朗誦され、歌唱されて、それに耳を傾ける（文字を知らない）大多数の聴衆＝観客の間に、どこまでも広く浸透して行くことを願っていた筈である。

『古事記』は文学か歴史書か、というのは繰り返し論じられてきた問題だが、ほかにもう一つどうしても見落とせない重要な眼目がある。それは『古事記』が持つ芸能としての性格だ。

岩波文庫『古事記』を開いて、「訓《よ》み下《くだ》し文」の後に置かれた全文漢字のみの「原文」を見れば、神神の名前のなかに例えば「豊雲上野神」「須比智邇去神」といった風に小さく「上」や「去」といった抑揚を表わす発声のための記号（上声《じょうしょう》は引き延ばしたのち上昇し、去声《きょしょう》は下降する声調）が付されている。これは『古事記』が、声の抑揚においても後世に正しく伝えられなければならない口承芸能の上演台本であり、かつ楽譜でもあることを示す記号と見て間違いないであろう。

わが国の文学の流れをどこまでも溯って行けば、「詩」（旋律と韻律を持った言葉）が発生した最初の現場に行き当たる。

天《あめ》の浮橋《うきはし》を下って地上に降り立った伊邪那岐命《いざなきのみこと》と伊邪那美命《いざなみのみこと》が、天《あめ》の御柱《みはしら》をたがいに反対の方向から回って巡り合ったとき、

伊邪那美命「あなにやし、えをとこを」
伊邪那岐命「あなにやし、えをとめを」

と呼び合った場面がそれである。

『古事記』の原文には、

伊邪那美命「阿那邇夜志愛上袁登古袁」
伊邪那岐命「阿那邇夜志愛上袁登賣袁」

と「上声」を表わす発声記号が挿《はさ》みこまれているから、すぐれた歌人（歌手）である

天武天皇は、そのような抑揚をつけて朗誦したのであろうし、それを誦習した（男装の女性である）稗田阿礼は、伊邪那美命の言葉は女声で、伊邪那岐命の言葉は男声で朗詠したものとおもわれる。

本居宣長は『古事記伝』において、この「五言二句」の言葉を「まことに歌の始めにぞありける」とした。

このように歌が誕生した最初の現場からして、『古事記』の語り口には、音楽性と演劇性がともにそなわっていたことに、ぜひ注目していただきたい。

太安万侶の撰録に臨んだときの稗田阿礼は、ひたすら端座して物語ったのではなく、立ち姿の朗誦を基本として、しばしば声を高く上げて歌い、所作をまじえて舞いながら、神代の物語を全身全霊で演じていたものと考えられる。いわばそれは稗田阿礼の一人歌劇であったろう。

つまり『古事記』は、読むための書物ではなく、独り芝居の上演用の台本なので、初演は原作＝天武天皇、脚色・演出・主演＝稗田阿礼の歌劇と捉えるのが、いちばん本来の在り方に近いと考えられる。

そして、後段において詳述するように国史上最大の天才であったろう天武天皇も想像することさえできなかったに違いない——現代のミュージカルや映画やアニメーションとなったときに、長いあいだ封じ込められてきた古代の日本人の想像力と構想力、魂と情念が一気に解き放たれて、『古事記』は初めてその真価と可能性を全面的に開花させるに相違ないとおもわれるのである。

第二章　高天原《たかまのはら》と大八島国《おおやしまぐに》と黄泉国《よみのくに》

わが国の歴史は、天地《あめつち》が初めて発《ひら》けたとき、高天の原に成られた目には見えない神神にはじまる。長い神神の来歴のあとに、初めて人の形をとって現われたのが、伊邪那岐命《いざなきのみこと》と伊邪那美命《いざなみのみこと》で、この男女二柱の婚姻《まぐわい》によって、大八島の国土《くに》と、多くの命《みこと》たちが生まれた。

だが、火《ひ》の神を生んだことでこの世を去った伊邪那美命を追って、黄泉の国へ行った伊邪那岐命は、自分も命を失いかけて危うく逃げ帰り、身の穢《けが》れを清めた禊《みそぎ》の中から多くの神神が生まれ、最後に生まれたのが天照大御神《あまてらすおおみかみ》、月読命《つくよみのみこと》、須佐之男命《すさのおのみこと》の三貴子であった。

そしてそれぞれに高天の原、夜の食《お》す国、海原《うなばら》を治めるよう命じられたが、なぜか須佐之男命は天照大御神に激越な反抗をはじめ、耐えかねた天照大御神は天《あめ》の石屋戸《いわやと》にお隠れになり、それとともに天の太陽が消えて、真っ暗闇になった地上には、ありとあらゆる禍事《まがこと》が起こる。そこで天照大御神の再臨を願って「天の岩屋開き」の劇が始まるのである。

（一）

「天地《あめつち》初めて発《ひら》けし時、高天の原に成れる神の名は、天之御中主神《あめのみなかぬしのかみ》。次に高御産巣日《たかみむすひ》神《かみ》。次に神産巣日神《かみむすひのかみ》。この三柱《みはしら》の神は、みな独神《ひとりがみ》と成りまして、身を隠したまひき」

ここから『古事記』が始まる冒頭の一節に接するときは、目で文字を読むだけでなく、最初の語り手の発声に耳を傾ける想像上の聴覚をも働かせてみていただきたい。

徹底して簡潔を極めて、それを確信する堂堂の信念に満ち溢《あふ》れた決定的な語り口（文体）の威厳と風格は、学者や官人からはまず生ずる筈《はず》のないもので、『古事記』は「大《おお》御言《みこと》」であるとした本居宣長と同様に、こちらにも天武天皇の「声」が響いてくる気がする。

太安万侶《おおのやすまろ》を前にして口誦《こうしょう》したときの稗田阿礼《ひえだのあれ》も、この語り出しでは天武天皇になりきった音吐朗朗の男声で、荘重な詠唱の調子であったろう。

高天原に最初に登場した三柱の神は「身を隠したまいき」――すなわちその姿が人間の目には見えない超越神であった。

その後に次ぐ二柱を加えて、以上五柱が「別天《ことあま》つ神」（特別な天つ神）と呼ばれ、それに続いて登場する二柱も、名前はあるけれど姿は見えない独り神で、次いで男女が一組ずつになって出てくる神神の最後に現われる「伊邪那岐神」と「伊邪那美神」が、次節からは「伊邪那岐命」「伊邪那美命」として語られる（『古事記』において「神」は宗教的存在、「命《みこと》」は実際的人格。「伊邪那《いざな》」は「誘う」の語幹で、「岐《き》」は男性、「美《み》」は女性を示す）。

初めて人間の姿になって現われた伊邪那岐命、伊邪那美命の兄妹に、天上から神神の声が聞こえる「天《あめ》の浮橋《うきはし》」の状景の原型は、おそらく舞台劇であろう。

まだ稚《わか》い国土が水面《みなも》に浮かぶ脂《あぶら》状の海月《くらげ》のように漂う海の上に架けられた——天の浮橋の両端から現われて、中央で行《ゆ》き逢《あ》い、天を仰いで並び立った伊邪那岐命と伊邪那美命に、目に見えない別天つ神の声が響いてくる。

別天つ神五柱（男性合誦）「この漂える国を修め理《つく》り固め成せ」

厳かなその声が終わると、虚空から天《あめ》の沼矛《ぬぼこ》（玉で飾った矛）が降りてきて、伊邪那岐命、伊邪那美命の手に渡る。

兄と妹が力を合わせて握った天の沼矛を、下界の海に突き入れ、こおろこおろと何度もかき回してから引き上げると、矛の先から滴り落ちた海水の雫《しずく》が積もり重なって、ひとつの島が生まれる。

語り手「これ淤能碁呂島《おのごろじま》なり」

こう語られる場面が、漢字のみの原文には兄妹の二人が「許《こ》々袁《お》々呂《ろ》々」と擬音語を用いて海水を「画鳴（画《か》き鳴《な》して）」と記されているところから、音声と演技が想像されて、もとは舞台劇であったろうと察せられるのである。
　英文学者で古典学者で比較文学者の土居光知《どいこうち》は主著『文学序説』において次のようにいう。演劇の研究者は最初に個人の劇作者がいて、台詞《せりふ》が書き下ろされた後に劇が演じられると考えがちだが、わが国の記紀や古代の中国、西洋の古典を比較研究すれば、上古にはまず原始的な（作者不明の）舞謡劇があって、それが後の叙事、叙情詩および物語に与えた影響の甚大さに驚かされる……と。以下の話も、その土居説を頭において読んでいただきたい。
　伊邪那岐命と伊邪那美命は、天の浮橋から淤能碁呂島に天降《あまくだ》り、そこに高く聳《そび》える「天《あめ》の御柱《みはしら》」を立て、「八尋殿《やひろどの》」（大きな御殿）を建てて、次のような会話を交わす。
伊邪那岐命「汝《な》が身は、如何《いかに》か成れる」
伊邪那美命「吾《あ》が身は、成り成りて成り合わざる処一処《ところひとところ》あり」
伊邪那岐命「我が身は、成り成りて成り余れる処一処あり、故《かれ》、この吾が身の成り余れる処をもちて、汝が身の成り合わざる処にさし塞《ふた》ぎて、国土《くに》を生み成さんと思う。生むこと如何」
伊邪那美命「然善《しかよ》けむ」
『古事記』を読んでいない人にも知られている有名な対話だが、土居はこのやりとりを

大袈裟《おおげさ》な物真似《ものまね》の身振り手振りをともなった——滑稽でおおらかな艶笑譚風の寸劇と推定するのである。

たしかに、太安万侶に稗田阿礼の口誦の撰録《せんろく》を命じた元明女帝が、その前に阿礼の口演を宮廷の女官とともに観劇していたとすれば、男女二人が自分の身体構造の特徴を、身振り手振りの物真似で最大限に誇張して表現し合ったあと、「まぐわい」（性交）に誘《いざな》われた伊邪那美命がいかにも殊勝げに頷《うなず》いて、「然善けむ」（それがよいでしょう）と口にした決め台詞に、性に縁遠い人生を送っている女官たちは、羨望と共感の籠もった忍び笑いを堪《こら》え切れなかったに違いない。

頷いた伊邪那美命に、伊邪那岐命は近くに聳え立つ天の御柱を指していう。

伊邪那岐命「然らば、吾《あれ》と汝《いまし》と、この天の御柱を行《ゆ》き廻《めぐ》り逢いて婚姻《まぐわい》をせん」

ふたたび頷いた伊邪那美命に、

伊邪那岐命「汝は右より廻り逢え。我は左より廻り逢わん」

二人はいったん背を向けて別れ、左右別別の方向から柱の周囲を回り、たがいの姿を認めたとき、女のほうから先に声を発して、次の会話を交わす。

伊邪那美命「あなにやし、えおとこを」

伊邪那岐命「あなにやし、えおとめを」

本居宣長は、この五言二句の対話を歌の始めとしたが、土居光知の推定に従えばこの

場面の前半は喜劇の起源であった訳だ。

伊邪那岐命と伊邪那美命が、御殿の入口に通じる階段を昇って行ったあとの成行きは、映画の場面として観ていただきたいのだが……。

寝所で抱き合う二人。

真新しい産着につつまれたわが子を見る伊邪那岐命の悲嘆の表情。

語り手「生まれたのは、骨をもたない水蛭子《ひるこ》であった」

伊邪那岐命と伊邪那美命、産着につつまれたわが子を、葦舟《あしぶね》に乗せて、川へ流す。川面を遠ざかって、小さくなって行く葦舟。

語り手「次に生まれたのも、おなじように弱弱しい体つきで、これも子の数のうちには入らなかった」

もう一隻の葦舟を川に流したのち、二人は、不具の子が生まれた原因を尋ねようと、天の浮橋を昇って天上に向かい、天《あま》つ神の神託を求める。

天つ神（男性合誦）「女《おみな》先に言えるに因《よ》りて良からず。また還《かえ》り降りて改め言え」

太占《ふとまに》（太古の卜占《ぼくせん》の一種）の結果をそう聞かされ、天の浮橋を下って、地上に帰った二人、あらためて天の御柱を廻り、こんどは男性のほうから先に、
伊邪那岐命「おう、何といい女子《おとめ》だろう」

伊邪那美命「まあ、何といういい男子《おとこ》でしょう」

と言葉を交わして、御殿に入り、寝所で抱き合う。

真新しい産着のわが子を見て、歓《よろこ》ぶ伊邪那岐命と伊邪那美命。

赤児の寝床が、二つ、三つ……と増えて行く。

語り手「こうして、次次に生まれたのが、のちに淡路島《あわじしま》、四国、九州、本州などと呼ばれる大八島《おおやしま》の国国であった」

（二）

ここから先の話も前節に引き続き、特撮映画風に演出したシーンとして示せば――。

大八島国のひとつで、火山が噴煙を上げる陸を背景に、舟を操って魚をとる漁夫《すなどり》たち。

晴天のもと多くの小舟を浮かべた湾内の海面の俯瞰《ふかん》。（移動）

上空から陸に接近して行くと、活火山の裾のほうに段をなして並ぶ棚田のところどころに、草葺《くさぶ》きで高床式の小舎が散在している。

田で木鋤《きすき》をふるう農夫の姿。

しだいに濃くなる夕闇のなかに、女たちの炊《かし》ぎの薄い煙が立ち昇る。見るからに平和で長閑《のどか》な眺め――。

語り手「国土《くに》を生み終えた伊邪那岐命と伊邪那美命は、さらにたくさんの命《みこと》たちを生み、

大八島の国国は、多くの男女によって満たされた」

夜の御殿の寝所で、妻の伊邪那美命を満足そうな面持で見る伊邪那岐命。

そこへ、突然、無気味な鳴動が轟《とどろ》く。

戸外で夜空の雲を赤く照らし出していた活火山の火口から、轟音《ごうおん》とともに大噴火が起こる。

天を衝《つ》く火柱。

火口から猛烈に噴き出して溢れる熔岩流。

またも火柱が立ち、赤熱した熔岩が奔流のように山肌を下って、棚田に点在する小舎を押し流し、呑《の》みこんで、御殿に迫る。

伊邪那岐命、伊邪那美命の手を引いて、御殿を飛び出し、逃れようと必死に走る。背後に迫る熔岩流。

高台の岩に駆け登る伊邪那岐命と、伊邪那美命の手が離れる。

熔岩流に呑みこまれる伊邪那美命。

岩上の高台からなすすべもなく見守る伊邪那岐命。

こちらに向かって助けを求めていた伊邪那美命の片腕がついに熔岩流に没する。

最愛の妻を失った夫の悲痛な表情。

噴火が収まり、薄煙を漂わせて荒涼たる黒一色の岩原と化した一隅の高台に、伊邪那

岐命が蹲《うずくま》って、悲嘆に暮れている。目から頬を伝ってとめどなく滴り落ちる涙。

その涙が熔岩の間を屈折して流れ、やがて小さな川となる。

突如として立ち上がった伊邪那岐命、制しきれない怒りに駆られて、周りの熔岩を抱え、持ち上げては地に投げつけて、次次に打ち砕き、破片を足で蹴落とす。

その間に、流れる涙の川は、次第に大きくなって、先方の岸辺に緑が萌え始める。水の流れと岸の緑の上に、微笑《ほほえ》みを湛《たた》えた伊邪那美命の面影が浮かぶ。

それを見た伊邪那岐命、打ち砕いた熔岩の破片をひとつ、妻の形見として拾い上げ、いとおしげに塵《ちり》を払い、懐に収めて歩き出す。

舟を操って両岸の緑が濃さを増した流れを下る伊邪那岐命。

河口から流れ出た舟、小さな帆を掲げて、海原に向かう。

舟から見える陸の影が、さまざまに移り変わって、航行距離の長さを示す。

舟から陸に移り、広野の中の道なき道を歩いて行く。

延延と足取りが続いて、目を上げると――。

まだ昼であるのに、行く手の山の上空が、なぜか夜の闇の色に染まっている。

陽が翳《かげ》って、やや薄暗くなったあたりの樹樹の葉を一陣の風が揺らしてすぎる。

肌を冷やす寒気を覚えて、身を竦《すく》める伊邪那岐命。

通りかかった独りの老人に、

伊邪那岐命「ここは出雲国《いずものくに》の果てか」
老人「さようでございます」
伊邪那岐命「黄泉国《よみのくに》に通じるという入口は、いずこにある」
老人「(恐怖の面持で)この道を、あと半日も行きますれば、その先に……」
逃げるように去る老人。
陽が山の端に没しかけ、大禍時《おおまがとき》となった森の中の道の行く手に、大きな洞穴が見えてくる。
近づいて覗《のぞ》きこんだ洞穴の入口は、漆黒《しっこく》の闇——。

黄泉国
地底に通じる洞窟《どうくつ》の闇の道を、炬火《きよか》を掲げ、手探りで下って行く伊邪那岐命。
足を滑らせて、下り坂を転げ落ちる。
起き上がって炬火を持ち直し、また手探りで歩き出す。
天井から壁を伝って水が滴り落ちる小さな広場のような場所に出る。
そこからさらに奥につながる入口のような黒い穴に向かって——。
伊邪那岐命「いとしきわが妻の命《みこと》よ。吾《あれ》と汝《いまし》と始めた国作りは、まだ終わっていない。
それゆえ、どうかここから吾とともに帰ってほしい」

穴の奥から、声が返ってこないので、夫は同じ呼びかけを、もういちど繰り返す。すると、闇の奥から、くぐもった声で、
伊邪那美命「ああ、なんと悔しいことでしょう。どうしてもっと早く来てくれなかったのですか。吾はもう黄泉国の竈《かまど》で煮炊きしたものを食べて、この国の身になってしまいました。でも、いとしき夫《つま》の命が、ここまで迎えに来てくれたのは、とても恐れ多いことなので、帰ろうとおもいますが、黄泉神《よもつかみ》と相談するあいだ、しばらく待ってください。ただしその間、決してわが姿を見てはなりません」
伊邪那岐命「汝《いまし》のいう通りにする。決して見たりはせぬ。その証《あかし》に……」
濡《ぬ》れた地に擦《こす》りつけて、炬火の火を消す。闇のなかで、洞窟の天井から滴り落ちる雫の音が時を刻み、その画面がサイズを変えて繰り返しオーバーラップされて、長い時間の経過を示す。時の長さに耐えかねた伊邪那岐命、ひそかに懐から出した燧石《ひうちいし》を打って炬火を点《とも》し、それを掲げて入口の小さな穴に入る。身を屈《かが》め、恐る恐る進む伊邪那岐命。その顔に、突如として激しい驚愕《きょうがく》と恐怖の色が浮かぶ。
前方に現われたのは、顔も全身も焼け爛《ただ》れて、引《ひ》き攣《つ》り、ねじ曲がった悪鬼の姿。
伊邪那美命「見たな！」
怯《ひる》んで後退《あとずさ》りする伊邪那岐命に、
伊邪那美命「あれほどいったのに……。なにゆえ吾に恥をかかせた！」

形相も凄《すさ》まじく、曲がった両手を伸ばして摑《つか》みかかる妻から、伊邪那岐命「許せ。許してくれ！」

必死の逃亡を図ると、

伊邪那美命「追え！」

と、後に従っていた黄泉醜女《よもつしこめ》たちに追跡を命ずる。

洞窟から抜け出して逃げる伊邪那岐命。多種多様な悪鬼の姿形で、洞穴から相次いで現われ、叫喚の声を挙げて追って来る黄泉醜女の群れ。

追いつかれそうになった伊邪那岐命、頭にかぶっていた蔓草《つるくさ》の輪の髪飾りを脱いで、後ろに投げ捨てる。

蔓草の輪が横に長い直線に伸びて、黄泉醜女の前進を阻む山葡萄《やまぶどう》の茎の列に変わる。

追跡をやめた醜女たち、蔓から葡萄の実を採って貪り食らう。

その間に逃げようとするも、葡萄の実を頰張りつつ猛烈な速度で追跡を再開した醜女に、またも追いつかれそうになった伊邪那岐命、こんどは髪に挿していた大きな竹櫛《たけぐし》を抜いて投げ捨てる。

長い直線になって横に伸びる竹櫛の歯の一つ一つが、竹の子に変わる。

竹の子を抜いて齧《かじ》るのに、大童《おおわらわ》になる醜女たち。

ひた走る伊邪那岐命と、黄泉醜女のあいだに、大きな距離が生じて、首尾よく逃げ果《おお》せたかにおもわれたのだが……。

　横手の低い尾根の上に、忽然《こつぜん》と数人の部将、次いで千人を越える黄泉軍の大軍が姿を現わす。

　後方に控えて、指揮を執るのは、黄泉軍の軍装に身を固めた伊邪那美命。

　その号令に従って、部将を先頭に尾根の斜面を駆け降り、伊邪那岐命に襲いかかる黄泉軍の軍勢。

　腰に佩《は》いていた十拳剣《とつかつるぎ》（拳《こぶし》十個分の長さの剣）を抜いて振り回しながら、なおも逃げる伊邪那岐命、ついに黄泉国と葦原中国《あしはらのなかつくに》の境をなす黄泉比良坂《よもつひらさか》の裾に達し、そこに生えていた桃の木から、次次にもいだ桃の実を、黄泉軍に投げつける。

　算を乱して逃げる軍勢（桃は中国原産で、その実には悪鬼邪霊を払う力があるというのも中国の思想）。

　黄泉軍を敗走させたのち、手にした桃の実に向かって、
伊邪那岐命「汝がいま、吾を助けたように、葦原中国に生きるすべての人びとが、苦しき瀬に落ちて患い悩むときは、かならず助けてほしい。ゆえに汝を、大神実命《おおかむづみのみこと》と名づける」

　一方、敗走する黄泉軍を叱咤《しった》しつつ、踏《ふ》み止《とど》まった伊邪那美命、ただ一人、黄泉比良坂に向かってやって来る。

坂の上から、その姿を認めた伊邪那岐命、国境《くにざかい》に住む葦原中国の民と力を合わせ、引くのに千人の力を要するほど大きな千引《ちびき》の岩を動かし、坂道を塞《ふさ》いで、伊邪那美命にいい渡す。

伊邪那岐命「汝はもう、吾が妻ではない。もうこの国に入ることは許さない」

伊邪那美命「何というひどいことを……」

入口を完全に遮断されて、強く歯噛《はが》みし、地団駄踏んで叫ぶ。

伊邪那美命「いとしき我が汝夫《なせ》の命《みこと》が、このようなことをするのであれば、汝の国の民草を、これより一日に千人ずつ縊《くび》り殺してくれよう」

伊邪那岐命「いとしき我が汝妹《なにも》の命《みこと》、汝がそんなことをするなら、吾は一日に千五百《ちいほ》の産屋《うぶや》が立つようにしよう」

たとえどんなことがあっても、この国を守り抜き、栄えさせてみせよう、という堅い意志を示して、黄泉国の人となったかつての愛しき妻を、厳しく冷酷にはねつける伊邪那岐命。

語り手「こうしてこの国では、一日にかならず千人死に、かならず千五百人生まれるようになった。それゆえ、伊邪那美命を名づけて黄泉津大神《よもつおおかみ》といい、国境の坂を塞いだ岩を黄泉戸大神《よみどのおおかみ》と呼ぶことにしたといわれる。その黄泉比良坂は出雲国の伊賦夜坂《いふやさか》である」

〈本居宣長は『古事記伝』において、伊賦夜坂の場所を出雲国の揖夜《イフヤ》神社とする。いまも島根県東出雲町にある揖夜《いや》神社の祭神は、伊邪那美命である。

また、伊邪那美命が一日に千人殺すといい、伊邪那岐命が千五百の産屋が立つようにするといった話には、弥生《やよい》文化の流入にともなってもたらされた新種の病気による〈それに免疫を持たない〉縄文人の減少と、その対抗策としてとられた一夫多妻への移行が反映されているのかもしれない〉

（三）

命からがら黄泉国から逃げ出した伊邪那岐命は、夕陽が水平線に沈む出雲国の海辺で呟《つぶや》く。

伊邪那岐命「吾は、目にするも厭《いと》わしく穢れた国に身を浸してしまった。それゆえ、わが身の禊《みそぎ》をせねばならぬ」

長い杖《つえ》を持った黒い影となって歩き出す。

帰るところは、やはりあの火の山の国しかあるまい。

中天に月がかかる海辺の道を進む伊邪那岐命の小さい孤独な姿。

朝日がさす沿岸を行く。

漁師たちが網を引き揚げる浜を通りすぎる。

夜の浜辺で、漁舟の下に眠る。

朝霧につつまれた海を、水夫《かこ》が漕ぐ舟で渡る。

昼の海を、一人、帆を掲げた舟で進む。移り変わる陸の影（が来たときとは反対の順序で映し出される）。

舟から陸に上がって、海辺を歩く。

いつの間にか、髭《ひげ》だらけになった顔で、黙黙と歩き続ける。

さらに長く伸びた髭に覆われて、憔悴《しょうすい》しきった伊邪那岐命の顔に、歓喜の色が浮かぶ。

伊邪那岐命「ここじゃ。ここが吾の求めていたところじゃ」

かなり大きな河口の両側に、鬱蒼《うっそう》と生い茂る森を背負って、円形をなす岸辺に囲まれた波静かな湾――。

語り手「そこは、筑紫《つくし》の日向《ひむか》、橘《たちばな》の小門《おど》の阿波岐原《あわきはら》というところであった」

伊邪那岐命、（身の穢れを海や川の水で洗い清める）禊を行なうため、水際に近づきながら、身につけていた物や衣服を砂浜に脱ぎ捨てて行く。

長い旅をともにしてきた御杖《みつえ》をはじめ、蔓草の冠や腕輪、衣や下着が、砂浜に捨てられて行った順に、一つずつ白い煙のように生じた朧《おぼろ》げな形からはっきりとした神の姿に変わる。

語り手「ここに成れる十二柱の神のうち、前の六柱は陸路の神、後の六柱は海路の神であった」

素っ裸になって、海に入った伊邪那岐命、両手で掬《すく》った海水を頭からかぶり、合掌する動作を何度も繰り返して、死の穢れを払い、身を清める。

海から上がって歩き出し、河口に向かう。

伊邪那岐命「川の上《かみ》つ瀬は流れが速い。下《しも》つ瀬は流れが遅い。吾は中つ瀬で禊をすることにしよう」

河口から、岸伝いに川を溯《さかのぼ》って、森の中へ入って行く。

次第に深山幽谷の様相が深まり、神韻縹渺《しんいんひょうびょう》とした雰囲気になってきたところで、川の浅瀬に入り、斎戒沐浴《さいかいもくよく》と祈願を繰り返す。

伊邪那岐命の頭と体を濯《すす》いで流れる水の川面から、また次次に神の姿が生まれ出る。

語り手「ここに成りし神は、凶事を吉事に直す神、海の底と中と面《おもて》を掌《つかさど》るわだつみの神、夜の海に舟を導く神など、合わせて十一柱の神神であった」

さらに瞑目《めいもく》し、それまでにも増して長い長い祈禱《きとう》のすえ、大きく目を見開いた伊邪那岐命、清流の水を掬い上げて、まず左の目を洗う。涙のように流れ出た水の玉が、眩《まぶ》しい光に満ちた神の御子《みこ》の御姿に変わる。

語り手「左の御目《みめ》を洗いたまう時に、成れる神の名は、天照大御神《あまてらすおおみかみ》」

おなじように右の目と、次いで鼻を洗うたびに、

語り手「右の御目を洗いたまう時に、成れる神の名は、月読命《つくよみのみこと》」

語り手「御鼻《みはな》を洗いたまう時に、成れる神の名は、須佐之男命《すさのおのみこと》であった」

大いなる達成感を示す表情を浮かべて、

伊邪那岐命「吾は子を生み生みて、生みの果てに三柱の貴き子を得たり」

森の木立の隙間《すきま》から、朝日が何本もの光の箭《や》となって射す河原に、衣服と首飾りをつけた伊邪那岐命の前に並んで、三人の年少の御子が坐《すわ》っている。

自分の首から外した玉の首飾りを、天照大御神の首にかけ、厳かな声で、

伊邪那岐命「汝命《いましみこと》は、高天の原を治めよ」

次に、月読命に向かい、

伊邪那岐命「汝命は、夜の食国《おすくに》を治めよ」

そして、須佐之男命には、

伊邪那岐命「汝命は、海原を治めよ」

緊張した面持で畏《かしこ》まる三人の御子。

そのなかで右の端にいた須佐之男命の少年の顔が、オーバーラップして鬚《ひげ》を伸ばした成人の貌《かお》になる。

す。

須佐之男命の慟哭《どうこく》

とめどなく大粒の涙を流して哭《な》く須佐之男命。

嗚咽《おえつ》するにつれ、鬚が段階的にぐんぐんと伸び、胸の下にまで達して、時の経過を示す。

足下から振り仰ぐ仰角のキャメラアングルによって、大きな二本の脚で大地に根を生やし、小さな頭が遥《はる》かに遠く天に達する巨人のように見える。

慟哭して涙を流すたび、足下の大地が水分を吸い取られて、罅《ひび》割《わ》れて行く。

罅割れはどこまでも急速に広がり、山間の谷間に広がる棚田の水も、川の流れも涸《か》れ、その向こうの樹樹の葉も落ちて、全山ことごとく枯木の色に変わってしまう。

作物が穫れない歎《なげ》きを、天に向かって泣訴する農夫と女房たち。

地上のありとあらゆる水分を吸い取り、それを涙に変えて哭き続ける須佐之男命。

海さえも涸れてしまったので、干上がった砂地のそこかしこに、漁舟が転がり、漁夫《すなどり》たちはげっそりと頬が痩せこけ、目だけ光る鋭角の顔つき（アップ）になって、不穏な気配を漂わせている。

食べ物に窮し、生色を失って、力なく横たわる老人や幼児たち――。

隠退した先の近江国多賀《たが》から、知らせを聞いてやって来て、それらの有様を見た伊邪那岐命は、まえは海原であった砂原の真ん中に立ちはだかって哭く須佐之男命に問《と》い質《ただ》す。
伊邪那岐命「なにゆえ汝《いまし》は、命じられた海原を治めようとせず、いつまでも聞分けのない赤児のように哭き叫んでいるのか」
父の詰問に、子は反抗の色を露《あら》わにして、
須佐之男命「僕《あ》は、どうしても妣《はは》の国、根《ね》の堅州国《かたすくに》に行きたくて堪《たま》らないので、こうして哭いているのです」
伊邪那岐命「妣の国じゃと……？」
須佐之男命「はい。いまはこの世に亡き妣、伊邪那美命の国へ行きたいのです」
それを聞いた伊邪那岐命の脳裡《のうり》に、黄泉比良坂で離別をいい渡した時の、妻の姿が浮かび上がる。
伊邪那美命「いとしき我が汝夫《なせ》の命が、このようなことをするのであれば、汝の国の民草を、これより一日に千人ずつ縊り殺してくれよう」
恐ろしいその表情に、目の前の須佐之男命の顔が重なる。
父親は憤激を制し得ぬ声音で、
伊邪那岐命「ならば、妣の国でもどこでも、好きなところへ行くがよい。汝は断じてこの国にいてはならぬ」
須佐之男命「わかりました。それでは天照大御神に事の次第を申し上げてから、参ることにいたします」

　そういうと、周囲の砂原と化した海原で、不穏な気配を漂わせていた男たちが、手に手に銛《もり》や櫓《ろ》を持ち、続続と集まって来て、
漁夫たち「吾らも一緒に参ります」

　と、須佐之男命を取り囲む。

　ここで初めて、それまでアップでとらえられていた漁夫たちは、胸に鱗形《うろこがた》の入墨（海中で遭遇する危険を祓《はら》うための呪術的装飾）を施しているのが明らかになる。

　独得の風俗をした海人族《あまぞく》の集団は、須佐之男命を先頭に、長い列を作って、河口（ここも水は涸れている）から、岸伝いに枯木の森の奥へ溯って行く。

　かつて伊邪那岐命が、禊をして三人の御子を生んだ川の中つ瀬のあたりを通りすぎる。

　木立の合間から様子を窺《うかが》っていた数人の巫女《みこ》が、山の遥か上方へ報告に走る。

　山奥の深い木立に囲まれて、茅葺《かやぶ》きの屋根に千木《ちぎ》と鰹木《かつおぎ》が目立つ高床式の白木の神殿と宮殿が、玉砂利の斎庭《ゆにわ》に幾つも立ち並び、厳かな雰囲気を漂わせている神域——。

　神を祀《まつ》る祭事と神聖な卜占《ぼくせん》を行なうこの聖域が、天照大御神に伊邪那岐命が「治めよ」と命じて与えられた「高天の原」なのである。

　神域に駆け上って来て、天照大御神の御座所がある宮殿に入った巫女の一人が、上位の巫女に報告する。

巫女「須佐之男命に率いられた漁夫の者どもが、おのおの得物を手に、ここへ攻《せ》め上《のぼ》って参ります」

上位の巫女は、御座所に伺候し、それを天照大御神（女神）に取り次いで指示を仰ぐ。その問いに答えて、

天照大御神「我《あ》が汝弟《なせ》の命の上り来る由は、かならず善き心にはあらず。我が国を奪おうとしてのことに相違ない」

いい終わると、すっくと立ち上がって、長い髪を振りほどき、結い直して男装と武装を始める。

まず後ろに結んで長く垂らしていた髪を、顔の両側に巻いて束ねる角髪《みずら》に変え、その左右の角髪にも、蔓草の御冠にも、また両の手にも、数多くの勾玉《まがたま》を緒に貫き通した御《み》統《すまる》を巻いて、凜凜《りり》しき男子の姿となる。（ここは稗田阿礼としても、自分の最高の見せ場として意識されていただろう）

次いでたくさんの箭を収めた箙《えびら》を背負い、さまざまな武具で身を固め、弓を持って宮殿を出て、斎庭の玉砂利を踏みしだいて進み、大きく股《また》を広げ、毅然《きぜん》と立って、神域に一人で入って来た須佐之男命に、厳しく問いかける。

天照大御神「汝《いまし》はなにゆえ、ここへ上って来たのだ」

弟は姉に跪《ひざまず》いて答える。

須佐之男命「僕に邪《あ》き心《きたな》はありません。父の大御神に、なにゆえいつまでも哭き叫んでいるのだ、と問われ、妣の国へ行きたくて哭いているのです、と申し上げたところ、ならば汝はこの国にいてはならぬ、と追放を命じられました。それゆえ、この国を出てかの国へ参ることを申し上げようと、ここに上ってきたのです。謀反の心など全くありません」

天照大御神「汝の心が清く明るいと、如何にして知れよう」

須佐之男命「おのおの祈誓《うけい》をして、子を生んでみればわかります」

きっぱりという面上に、もはや涙はない。須佐之男命が哭くのをやめたので、周囲には緑の色がもどってきて、川にもふたたび水が流れ出す。

天《あめ》の安《やす》の河《かわ》の祈誓

高天原の山中の泉――天《あめ》の真名井《まない》から湧《わ》き出る水が流れる天の安の河を真ん中に挟んで、天照大御神と須佐之男命（鬚が消えて若若しい顔になっている）が向かい合って立ち、祈誓の儀式が始まる。

まずともに天を仰いで祈願したのち、

天照大御神「汝の十拳剣を、吾《あ》に……」

と告げ、求めに応じて、弟が佩いていた十拳剣を腰から外して投げると、ゆっくりと弧を描き、流れを飛び越えて、姉の手に移る。

その剣を抜いて三つに折った天照大御神、天の真名井に発した水で濯いで清め、一つずつ順にばりばりと嚙み砕いて、宙に吹き上げれば、そのたび息吹《いぶ》きの霧が、神の姿に結晶する。

語り手「そこに成れる神の名は、多紀理毘売命《たきりびめのみこと》、市寸島比売命《いちきしまひめのみこと》、多岐津比売命《たきつひめのみこと》の三柱（いずれも女神）であった」

そのあと、こんどは弟が、
須佐之男命「大御神の御統の珠《たま》を、吾に……」

と乞い、手にした珠を天の真名井の水で清め、次次に嚙み砕いて宙に吹き上げれば――。

語り手「そこに成られたのは、合わせて五柱の神神（いずれも男神）であった」

姉はみずからの勝利を確信した面持で、弟に告げる。

天照大御神「あとに生まれし五柱の男子は、我が物実《ものざね》より成りしゆえ、すなわち吾が子なり。先に生まれし三柱の女子は、汝の物実より成りしゆえ、すなわち汝が子ぞ」

そう区分されたので、
語り手「ゆえに、先に生まれた多紀理毘売命は、胸形《むなかた》（胸に入墨をしている海人族の地）の奥津宮《おきつみや》、市寸島比売命は、胸形の中津宮、多岐津比売命は、胸形の辺津宮《へつみや》に坐《ま》すことになった。この三柱の女神は、胸形の君たちが崇《あが》め拝《いっ》く三座の大神である」

天照大御神は、自分の物実から生まれたのが男子ばかりであったので、勝利と信じたのだが、弟はそれと全く反対の判断を口にした。

須佐之男命「我が心が清く明るかった証に、我が物実から生まれたのは、手弱女《たわやめ》ばかりでした。これは我の勝ちです」

高らかにそう宣言したのである。

（この須佐之男命の勝利宣言には、天武天皇よりも女性である稗田阿礼の本心から湧き上がった「声」が聞こえる気がする。なぜなら朝廷の公式史書である『日本書紀』では、祈誓の前に、天照大御神に向かって須佐之男命が自ら「生まれた子が女ならば濁《きたな》き心、男ならば清き心とおもほせ」と語っており、勝敗の決め方が『古事記』とは逆になっているからだ。

このあとに続く須佐之男命の大暴れを、『古事記』は「勝さび」〈勝ち誇り〉と表現するのだけれど、祈誓に敗れた意趣返しと見たほうが、より事の成行きが鮮明になる気がする。

ただし、稗田阿礼の演ずる須佐之男命が「我が心清く明《あか》し。故《かれ》、我が生める子は手弱女を得つ。これによりて言《もう》さば、自《おのずか》ら我勝ちぬ」と宣言したとき、元明女帝と女官たちが会心のおもいで大いに沸いたであろうことは想像に難くない）

須佐之男命の狼藉《ろうぜき》

意気揚揚と神域を出た須佐之男命、外で待っていた海人族の集団に向かって告げる。

須佐之男命「天照大御神との祈誓は、吾の勝ちとなった。吾らは清く明るいことが、天上の神神によって、はっきりと証《あか》されたのだ」

それを聞いて、勝鬨《かちどき》を挙げる海人たち。

雄叫《おたけ》びを発して、高天の原から下界へ向かい、山道を走って下る途中、御幣《みてぐら》で飾られた天照大御神の御神田《おみた》（棚田）に目をつけ、そこへ乱入して、田の畦《あぜ》を踏みにじり、櫓《ろ》で土を掘り返し、灌漑《かんがい》のための溝を埋めるなどして、散散に破壊してしまう。

そこへ木鋤を振り上げて駆けつけた稲作民とのあいだに、乱闘が始まるが、胸に入墨をして見るからに恐ろしい姿形をしているうえ、銛を持っている相手とでは勝負にならず、片隅に追いつめられて竦んでしまい、海人たちは快哉《かいさい》を叫んで去って行く。

その夜、海に潮がみちて、漁村の面影を取り戻した浜辺で、須佐之男命を中心に、勝利の酒宴が開かれる。

酔って陽気に歌い踊る海人たち。

一隅で一人の若者が、声を潜めて仲間の数人に語りかける。

若者「いま高天の原では、年に一度の大嘗《おおにえ》の祭りが行なわれようとしている。今年の新穀を天照大御神が初めて召し上がられる祭りじゃ。そこで……」

なにやら秘密の計画を告げられた仲間たちは、首謀者の若者とともに、酒宴を抜け出し、河口から森の奥に通じる道を辿《たど》って、高天の原を目ざす。

夜陰に乗じて、神域に忍びこんだ若者たち、大嘗祭の祭殿の高床の下に入って、大便を排泄《はいせつ》したり、床の上に昇って小便を建物の壁にかけ散らしたりする。

早朝、祭殿の下に糞便《ふんべん》の山山を発見した（上位の）巫女、驚愕して眉を顰《ひそ》め、鼻を衣の袖で覆って、御座所へ告げに走る。

巫女「昨日は、御神田の畦を壊し、溝を埋め、あまつさえ夜には大嘗の儀を行なう祭殿の床下に（まえにもまして激しく眉を顰め鼻を袖で覆って）屎《くそ》をいたし、壁中に尿《いばり》をかけて回りました。神を恐れもせず、何という無道なことを……。いずれも須佐之男命の仕業に違いありません」

巫女が期待した怒りの色を、天照大御神は示さず、しばらく沈思したあとでいう。

天照大御神「屎と見えたは、おおかた我が汝弟《なせ》の命《みこと》が、酒に酔って吐いたへどであろう。畦を壊し、溝を埋めたのは、山中の少ない土地を惜しんで、田をもっと広げてやろうとの考えであったのに相違ない」

姉としては、そういって弟を庇《かば》い、かつなにより大切な大嘗の儀を、冒瀆《ぼうとく》や妨害に屈することなく、なんとか遂行したい考えであったのだろうが、海人族の若者たちの過激な暴走によって、生来の反抗性を強く掻《か》き立てられた須佐之男命の行動は輪をかけて常軌を逸したものとなった。

朝霧につつまれた明け方、神域の一隅にある御厩《みうまや》へ、海人族の若者を率いて忍びこんだ須佐之男命、大嘗の儀に奉納される神馬《しんめ》として用意されていた一頭を連れ出して、みんなで銛で突いて押さえつけ、皮を逆剥《さかは》ぎにして行く。

朝霧の向こうから、天照大御神が多くの服織女《はたおりめ》とともにやって来て、大嘗の儀にそなえ、神に捧《ささ》げる御衣《みそ》を織る忌服屋《いみはたや》に入る。

機《はた》が並ぶ広い屋内で、一心に神御衣《かむみそ》を織る天照大御神と天《あめ》の服織女。

隠れていた須佐之男命と若者たち、足音を忍ばせてその屋上に登り、茅葺きの屋根の棟を壊して大きな穴を穿《うが》つ。

物音と震動に驚き、怯《おび》えて上を見上げる服織女。

屋根に明いた穴から、皮を逆剥ぎにされた馬が暴れながら落ちて来る。

悲鳴を挙げて飛び退《との》く服織女のなかで、見るも恐ろしい逆剥ぎの馬の下敷きになった一人が、衝撃に耐えかねて、息絶えてしまう。

獣《けもの》の血で染められて行く神御衣。

天照大御神の深い悲しみの色が、烈《はげ》しい瞋恚《しんい》の表情に変わる。

（現在の考えでは、大嘗祭《だいじょうさい》は天皇の即位後、最初に行なわれる新嘗祭《にいなめさい》で、一代一度の大祭ということになっているが、本居宣長は、古くは大嘗も新嘗もおなじことで「後の世の朝家の大嘗祭新嘗祭の事をのみ思うは、古意に非《あら》ず」という。

いずれにしても、須佐之男命たちの度外れた乱暴狼藉は、朝家にとってこの上なく尊い大祭を、台無しにしてやろう、という意図に発していたのに違いない。

遥かに時代は下るが、平安初期に定められた「延喜式《えんぎしき》」〈養老律令の施行細則〉の「大祓《おおはらえ》」の祝詞《のりと》には、「畦放《あはなち》、溝埋《みぞうみ》、樋放《ひはなち》、頻撒《しきまき》、串刺《くしさし》、生剝《いきはぎ》、逆剝《さかはぎ》、屎戸《くそへ》」の八つが「天津罪《あまつつみ》」と定められている。

いずれも高天の原で須佐之男命が働いたとされる無法行為で、その本質は稲作と機織への妨害行為であり、皇室の重大儀礼に対する冒瀆行為だ。

また、田の畦や水路の溝や農家に水を運ぶ樋を破壊し、すでに種が蒔《ま》かれているうえに重ねて種を蒔いて稲の生育に必要な土の養分を不足させ、泥中に串を多く刺して田の持主の足を傷つけようとした等《など》というところからすれば、長期にわたって執拗《しつよう》に行なわれていた訳で、これは須佐之男命という特定の個人の仕業ではなく、稲作や機織とは別の原理で生きていた部族、漁撈《ぎょろう》や狩猟で暮らしてきた人びとのゲリラ的行動であったろうと推察される。

つまりここにあったのは、二つの違った文化、違った信仰――すなわちもともと土着

していた古い神＝国津神《くにつかみ》と、稲作と機織を基本原理とする新しい神＝天津神《あまつかみ》との対立と衝突であったものと考えられるのである）

天の石屋戸

深い森に囲まれた高天の原の神域の下方に、多くの穀倉を引き従えた形で、外宮《げくう》の本殿が立っている。

玉砂利の斎庭に神殿と宮殿が立ち並ぶ内宮《ないくう》は「祭事《まつりごと》」の場で、下の外宮は「政事《まつりごと》」の場――。

外宮本殿内の広間に、政事に携わる大臣《おとど》たちが対座して居並ぶなか、中心をなす宰相は思金神《おもいかねのかみ》。天地が初めて発けし時、高天の原に成られた高御産巣日神の子孫で、見るからに深い思慮と威厳を兼ねそなえた老人である。

大臣たちがすこぶる深刻な面持で、政事の評議をしていたとき、急に室内に射しこむ陽の光が翳って、じきに夜の暗さになる。

大臣一「何じゃ、何じゃ」

大臣二「これは如何なることじゃ」

大臣三「いったい何が起こったのじゃ」

思金神「まずは、明かりをつけよ」

室内に持ちこまれた灯台に、火が点《とも》される。
思金神「外はどうなっておる。見て参れ」
見て来た侍臣が報告する。
侍臣「外もいたるところ、真っ暗で、夜になったとしかおもえませぬ」
大臣一「さような時刻ではあるまい」
大臣二「これは如何なることじゃ」
大臣三「いったい何が起こったのじゃ」
別の侍臣が、駆けこんで来て告げる。
侍臣「内宮より巫女が参りまして、天照大御神が天の石屋戸にお隠れになってしまわれたとの由にございます」
大臣二「これは如何なること……」
大臣三「いったい何ゆえ……」
思金神「いうまでもあるまい。吾らがさきほどより詮議している須佐之男命の非道きわまりない狼藉をお怒りになって、御身《おんみ》をお隠しになられたのであろう」
大臣たちはおおかた、この事実をどう解釈すればいいのか判断がつきかね、茫然《ぼうぜん》として固まったまま。
思金神「天《あめ》が下いたるところ真っ暗となって、もしこのまま長く時が過ぎれば、日向の国が滅び去ることになるやもしれぬ。なんとしてもお出ましを願わなければ……」

そういって立ち上がり、急ぎ足で広間をあとにする。

あたふたと追う大臣たち――。（溶暗）

（溶明）炬火を掲げた侍臣を先頭に、思金神をはじめ大臣たちが向こうからやって来る。

炬火に照らされて浮かび上がる天《あめ》の真名井《まない》。

そこから流れ出す天の安の河。

天の安の河の向こう側に広がる天の安の河原の背後は岩壁で、奥に大きな洞窟があるのだが、入口が大きな岩で完全に閉ざされているので、隙間のない岩肌にしか見えない。

それが天の石屋戸。

高天の原の罪人を閉じ込める獄屋だ。

戸の大石を動かせるのは、天照大御神ただ一人のみ。したがって天照大御神がみずから中に入って、戸を閉ざしてしまえば、明けることができる者はもうだれもいない。

天の石屋戸の前に詰めかけた大臣と侍臣たち、それに多くの巫女たちを代表して、ひれ伏した思金神が、おもい詰めた声音で言上《ごんじょう》する。

思金神「天照大御神。お怒りはよくわかります。なれど、大御神が石屋戸にお籠もりになられたことにより、天《あめ》が下はことごとく夜の闇につつまれてしまいました。このままお隠れになっておれば、日向国は常夜《とこよ》の国となって、生きとし生けるものすべての命が失われ、なにもかも滅び去ってしまいます。大御神が慈《いつく》しまれている民草のためにも、どうか戸を明けてお出まし下さい。伏してお願い申し上げ奉ります」

地に頭を擦りつけて懇願したが、石屋戸の中からは何の返事もない。

いろいろと言葉を変えて、懇願を繰り返しても、沈黙が続くばかりなので、思金神はいったん説得を諦め、大臣たちとともに引き返して行く。（溶暗）

（溶明）炬火を掲げた行列が、高天の原の外宮を目ざして、続続と山道を登って来る。

外宮本殿の前庭には、すでに到着した人びとの群れが犇《ひし》めき合って、口口になにやら訴えている。

本殿内の広間で、思金神に必死の陳情を行なう各郡の長《おさ》たち。

郡長「常闇《とこやみ》の国となってはや三月《みつき》、民は食うものもなく飢えに苦しみ、病もかぎりなく増えるばかり。妻や子に少しでも口にできるものを与えようと、吾が国はあさましくもたがいに傷つけ合っては相争う盗《ぬす》っ人《と》の国となってしまいました。天照大御神はこのような民のことを、いったいどうお考えになっているのでございましょうか」

思金神「大嘗の儀を執り行なえなかったことで、祖神《おやがみ》に深く恥じて心より詫《わ》び、御身を罪人のようにおもいなして、石屋戸にお隠れになり、みずからを責め続けておられるのであろう」

郡長「天照大御神が、恥じてみずからを責めなければならないのは、いま何の罪もない民を苦しめていることではありませんか。どうか天照大御神が、石屋戸を出られるよう、ありとあらゆる手立てを尽くして下さい」

（溶明）天の石屋戸の前に、炬火を持った侍臣のみを従えて坐《ざ》した思金神、必死の懇願を繰り返す。

聞き入れてもらえず、頭を垂れて山道を下る。（溶暗）

（溶明）陳情者がいなくなった広間に、消えかかる直前の灯に微《かす》かに照らされ、ひとり坐して黙考する思金神。

天啓を得た表情が浮かぶ。

灯の数が増した広間に集められたさまざまな技能を持つ人びとに、思金神が計画を語り、それぞれの役割を伝える。

天《あめ》の金山《かなやま》から採ってきた鉱石で、鉄《まがね》を鍛える鍛人《かぬち》天津麻羅《あまつまら》。

その鉄を加工し、表面を磨いて、鏡を作る石凝姥命《いしこりどめのみこと》。

数多くの勾玉《まがたま》を緒に通して、御統を作る玉祖命《たまおやのみこと》。

天《あめ》の香具山《かぐやま》で捕えた鹿の肩胛骨《けんこうこつ》を焼き、太占《ふとまに》を行なって、神意を問う天児屋命《あめのこやねのみこと》と布刀玉命《ふとだまのみこと》。

最後に各人の仕事の総仕上げとして、天の香具山から掘って来た常緑の真賢木《まさかき》と、これまでの加工品とを組み合わせ――上枝に御統を飾り、中枝に八尺鏡《やたかがみ》をかけ、下枝に白い布幣と青い布幣を下げて――大きな御幣《みてぐら》が作られる。

この太御幣《ふとみてぐら》を、布刀玉命が捧げ持ち、天児屋命（のちに神事を司《つかさど》ることになる中臣《なかとみ》氏《うじ》＝藤原氏の祖先）が祝詞《のりと》を唱え、思金神と諸臣の列がそのあとに続いて、天の石屋戸へ向かう。

天の安の河原に集う八百万《やおよろず》の神（日向の国人たち）の真ん中を通り抜けて、太御幣が、天の石屋戸の正面に据えられる。

闇のどこからともなく、常世《とこよ》の長鳴鳥《ながなきどり》の声（暁を告げる鶏鳴）が響き渡り、八百万の神のざわめきが静まる。

円形の酒槽《さかぶね》を逆さに伏せた台を、足で強く踏みならす音（後代の神事で太鼓を打つのはこの音のまねび）が聞こえ、次第に拍子を速めて、聴く者の胸騒ぎを掻き立てる。

禰宜《ねぎ》が炬火で点じた篝火《かがりび》の明かりに浮かび上がったのは――。

真っ白な肌の胸元も露わに衣裳《いしょう》をしどけなく着崩し、男子《おのこ》の胸を高鳴らせずにはおかない悩ましげな面持と艶《あで》やかな振りで踊る天宇受売命《あめのうずめのみこと》。

蔓草の冠をかぶり、天《あめ》の香具山《かぐやま》の日陰草（常緑の羊歯《しだ》）を襷《たすき》にかけ、天の香具山の小竹葉《さきば》を束ねて両の手に持ち、それを振って颯颯《さつさつ》という音を立てながら、裳裾《もすそ》から太股《ふともも》まで惜しげもなくさらけ出した裸の足で、槽《うけ》を踏み鳴らして踊り続けるうち、徐徐に神憑《かむがか》りして、振りが物狂おしい動きに変わって行く。

日陰草の襷をかなぐり捨て、小竹葉の束も捨てた両の手で、衣の胸元を大きく押し広げ、掻い出した豊かな胸乳《むなち》を激しく揉《も》みしだき、目を閉じて恍惚《こうこつ》の色を浮かべ、ついに腰から下にまとっていた裳も取り去り、解《ほど》いて垂らした裳の紐《ひも》で、白い豊満な腹部の裾の濡れたように黒い陰《ほと》を、ちらりちらりと見せたり隠したりして、男子を焦《じ》らしながら、妖《あや》しく誘う目つきを示す。

八百万の神はどよめき、熱狂して拍手喝采し、そこから天宇受売命の腰の動きが、さらに大袈裟に誇張されて滑稽なものに変わったので、高天の原も揺らぐほどにどっと笑い崩れる。

すると——。

天の石屋戸に戸の形を示す光の線が現われ、その僅《わず》かな隙間から、強烈な明るさが洩《も》れる。

それを見た天宇受売命、思金神にいい含められていた通り、槽を下りて、天の石屋戸に走り寄る。

岩の隙間から、天照大御神が天宇受売命に問いかける。

天照大御神「吾《わ》がここに隠れたので、高天の原も日向の国もことごとく闇に閉ざされた筈なのに、なにゆえ天宇受売命は舞い遊び、八百万の神も一緒になって笑っているのか」

天宇受売命「汝命《いましみこと》にもまして貴き神がいらっしゃるので、みんな喜んで踊ったり笑ったりしているのです」

その言葉に合わせて、天児屋命と布刀玉命が、太御幣にかけられた八尺鏡を、岩の隙間に向ける。

眩しい反射光を受けた天照大御神が、吾より貴き神とは……と怪しんで、さらに戸を少し明け、身を乗り出された瞬間、そばに控えていた怪力の巨漢天手力男命《あめのたぢからおのみこと》がその御《み》手《て》を取って引き出し、大御神の全身が外に現われたとき、すかさず布刀玉命が、背後の隙間に標縄《しめなわ》を張って、天照大御神がもうそこへ戻れないようにしてしまう。

真っ黒な暗雲が去って、中天に太陽が輝き出し、地上の灰色に枯れ果てていた樹樹や野原が見る見るうちに生色を取り戻して、緑の色を蘇《よみがえ》らせて行く。

空を見上げる老若男女の歓喜の表情――。

〈稗田阿礼＝女性説を疑うことができないのは、現代のストリップティーズ〈ティーズは「からかう」「焦《じ》らす」の意〉と本質的に全く変わることのない天宇受売命のコスチユームと手中の小楽器と踊りのテクニックの、まことに具体的で鮮明な描写は、この踊りについて熟知している猿女君《さるめのきみ》以外の誰にもできる筈がないと考えられるからである。

このテクニックの相伝は、師が弟子の目の前で踊ってみせる――振付けの手本と口伝《くでん》がなくては不可能で、文章だけで伝わる筈もない。

その証拠に、もっぱら漢文の文献史料に依拠して書かれた『日本書紀』の、同じ場面の叙述はこうだ。

「猿女君の遠祖 天鈿女命《あめのうずめのみこと》、則《すなわ》ち手に茅纏《ちまき》の矟《ほこ》を持ち、天石窟戸《あめのいわやと》の前に立たして、巧《たくみ》に俳優《わざおき》す」

ただこれだけである。「俳優」〈滑稽な仕草で歌舞を演ずる芸人〉という間接的な表現と、『古事記』の「神懸《かむがか》りして、胸乳をかき出で《い》裳緒《もひも》を陰《ほと》に押し垂れき」という直接的な描写とのあいだに、非常な隔たりがあるのは明白であろう。

なお、にわかには信じ難いであろうけれど、この天の石屋戸開きのドラマは、伊勢神宮の式年遷宮のなかに儀式化されて、今日にいたるまで伝わっている。

皇大神宮正宮《こうたいじんぐうしょうぐう》の御神体を、造営成った新宮にお遷《うつ》し奉る遷御《せんぎょ》の夜――。

神域のいっさいの明かりが消され、古代さながらの真の闇となった中に、カケコウ、カケコウという禰宜の声が、三度響く。

これは『古事記』に、「常世の長鳴鳥を集めて鳴かしめて」と書かれた鶏鳴に倣《なら》ったもので、以後の儀式の経過は――さすがに天宇受売命の踊りは省略されているけれども――細部において『古事記』の叙述と驚くほど一致している。

伊勢神宮の式年遷宮は、真っ暗闇と化した地上に、復活した天照大御神が再び輝かしい光明をもたらす「天の石屋戸」の劇の儀式化なのである。

神代以来のわが国の歴史が、いかに玄妙なものであるかが知られるであろう）

須佐之男命の追放

海原と漁村を見渡せる高台に建つ須佐之男命の掘建て式の雄壮な御殿。

その裏手の倉から、沢山の荷（衣服、装身具、宝玉など）を背負い出す廷吏が、海辺に通じる坂道を下る。

後ろから、縄で縛《いまし》められて引き立てられる須佐之男命。

廷吏と須佐之男命の列が、河口から高天の原に通じる道を登って行く。

外宮本殿の横の白州に引き据えられた須佐之男命の鬚は（かつて慟哭していたときと同じように）胸の下まで伸び、手の爪《つめ》も伸びに伸びていることが示される。

本殿内から大臣《おとど》たちを従えて姿を現わし、高床の縁に立って、思金神「須佐之男命。汝《いまし》の仕業は、まさしく悪《あ》しき鬼のごとく、暴虐これにすぎるものはない。罪の償いの祓《はら》えとして、汝が宝はことごとく召し上げられる。また、この高天の原にはむろんのこと、日向の国にもいてはならない。速やかに、汝が願っていた底《そこ》つ根《ね》の国へ参るがよい」

そういい渡して、本殿の内部に去ったあと、罪人はそこから天児屋命《あめのこやねのみこと》に率いられ、天の安の河原へ連れて行かれる。

天の石屋戸の前に引き据えられる須佐之男命。

胸の下まで伸びた長い鬚を、剛力の廷吏が自分の手の指に巻きつけ、おもいきり力まかせにぐいぐいと引っ張る。

苦悶《くもん》に激しく歪《ゆが》む顔。

強引に引き抜かれて、地上に繰り返し散らばる鬚。

次は長く伸びた手指の一本の爪に、廷吏が自分の親指を下から当て、渾身《こんしん》の力で押し上げて剝がす動作を、何度も繰り返す。

鬚を抜かれて血塗《ちまみ》れになった須佐之男命の顔が、いっそう苦痛に歪む。

二枚、三枚と剝がされた生爪が地面に落ちる。

廷吏の手は、須佐之男命の足の爪へと移り、こんどは爪先《つまさき》を自分の人差指で引き剝がす動きが繰り返されて、地面に落ちた血だらけの爪の数が増えていく。

古代において、爪は穢れの溜《た》まるところであり、また須佐之男命が神馬を生剝ぎ逆剝ぎにしたのと同じこと……という考えもあって、高天の原の大臣たちは、鬚と手足の爪をすべて罪を償う祓えとして差し出させる刑を科したのである。

怺《こら》えきれない苦痛に、しばらく気を失い廷吏に手荒く揺り起こされて、ようやく目を

見開いた須佐之男命に、
天児屋命「これは汝《いまし》が重い罪人であることの徴《しるし》じゃ」

と、廷吏に命じて、青草で編んだ笠《かさ》をかぶせ、青草で作った簑《みの》を着せて、
天児屋命「罪人であることを明らかにする徴ゆえ、どんなことがあっても、決してこれを脱いではならぬぞ」

重ねて強調して、
天児屋命「ならばこれより、底根の国へ行け」

と、高天の原から追放する。

ここへ引き立てられて来た道とは反対の方向へ、天の安の河原から追い払われた須佐之男命、蹌踉《そうろう》とした足取りで、背後の山の奥へと消えて行く。

山の稜線《りようせん》をひとり進む、青草の笠簑の小さな姿。

その姿で、藪《やぶ》を漕《こ》ぎ、斜面を下る。

山中の道を行く後ろ姿。

雨が降って来る。

沛然《はいぜん》たる豪雨に変わる。

青草の笠簑から、絶え間なく滴り落ちる大粒の雫。

あたりが暗くなる。

棚田の中に、ぽつんとあった一軒の小舎（高床式）の木の段を登って、入口の戸を叩き、

須佐之男命「一夜の宿りをさせてはくれぬか」

そう頼んだ青草の簑笠姿を見て、

農夫「須佐之男命じゃな」

女房「吾らの田を散散に荒らした胸形の者どもの棟梁《とうりよう》じゃ」

農夫「そのうえこの国を常闇にして、吾らにあれほどの苦しみを味わわせた張本人じゃ」

女房「そんな者に、貸せる床などあろうか」

ぴしゃりと戸が閉められる。

ずぶ濡れで、また歩き出す。

さらに暗くなった遠景で、別の棚田の小舎の戸を叩き、同じように拒否される様子。

（溶暗）

（溶明）夜は明けたが、依然として雨が続いている。

水が流れる山道を、歩き続ける裸足《はだし》。

爪を失った両足の指が、十本のか細く白い棒のようになっている。

雨に煙る谷間の大俯瞰。

霧に霞《かす》む下方の斜面に、曲折して続く細い山道を、青草の笠簑を身につけた須佐之男命が、見えるか見えないかの小さな点となって、どこまでも下って行く。

第三章　出雲《いずも》の国《くに》の物語

高天原《たかまのはら》から追放された須佐之男命《すさのおのみこと》は、出雲国へ下って、肥《ひ》の河の河上で住民を苦しめている八俣《やまた》の大蛇《おろち》を退治し、助けた櫛名田比売《くしなだひめ》を妻として須賀《すが》の地に新宮を建て、出雲国の祖神となる。

その子孫の大穴持神《おおなもちのかみ》は、異母兄弟の八十神《やそがみ》のいじめに苦しめられるが、稲羽《いなば》の素兎《しろうさぎ》を助けるような優しい心の持主で、命を狙う八十神から逃れようと訪ねて行った根《ね》の堅州国《かたすくに》で、祖神須佐之男命にさまざまな試練を受けて大きく成長し、須勢理毘売《すせりびめ》を嫡妻《むかいめ》として地上に戻って、出雲国の主神大国主神《おおくにぬしのかみ》となる。

若き日の大国主神は、戦いに遠征して行く先先で、次から次へと若い女《むすめ》を妻とし、並外れて嫉妬深い須勢理毘売を苦しめるが、結局は嫡妻の深い愛情にほだされて、夫婦和合の大団円に到る。

だが、大国主神には、新たな試練が待っていた。稲作文化の拡大から生じた時代の大きな変化である。

須佐之男命の英雄譚《えいゆうたん》
晴れた日の海辺――。

遥《はる》か彼方《かなた》から須佐之男命がやって来て、漁村に入る。

青草の笠簑《かさみの》は、陽に曝《さら》されて枯れ草の色に変わり、抜かれた鬚《ひげ》も疎《まば》らではあるがまたかなり伸びている。

胸に入墨をした海人《あま》族《ぞく》の一人に話しかけて何事か告げ、相手は恐れ入って頷《うなず》いた様子。

海人が用意した小舟に独りで乗り込み、帆を掲げて海に出る。

舟から見える陸の影が、さまざまに移り変わって、航行距離の長さを示す。

(次第に移り変わる陸影が、かつて伊邪那岐命《いざなきのみこと》が亡き妻伊邪那美命《いざなみのみこと》を尋ねて、黄泉国《よみのくに》の入口に通じる出雲国へ向かったときと、同じものになる。

つまり須佐之男命は、父が母を探しに行ったのと同じ航路を辿《たど》って、出雲国へ向かっているのである。ただし、舟から陸に移った父が、広野の中の道なき道を歩いて行ったのとは違って……)

出雲国の肥《ひ》の河(斐伊川《ひいかわ》)の河口で、何か流れているものを拾い上げ、手にとって見ると、人間が使う箸――。

これは川上に人が住んでいる証《あかし》に違いないと、櫓《ろ》を漕《こ》いで河を溯《さかのぼ》って行き、深い山奥の上流まで進んだところで、川辺に一人の少女を間に挟んで老夫《おきな》と老女《おみな》が泣いている姿を見かける。

舟を岸につけて降り立ち、

須佐之男命「この土地の名は、何という」

と聞くと、

老夫「鳥髪《とりかみ》という所でございます」

須佐之男命「汝等《なれども》の名は……」

老夫「僕《あれ》は国つ神、大山津見神《おおやまつみのかみ》の子孫で、名は足名椎《あしなづち》。妻の名は手名椎《てなづち》、娘は櫛名田比売《くしなだひめ》と申します」

須佐之男命「してなにゆえ、汝等はこのように哭《な》いているのじゃ」

問いかける表情のアップから、住まい（掘建て式ながらかなり大きい）の内部で答える足名椎の半身像に変わる。

足名椎「……我が家にはもともと、娘が八人おりました。それが毎年一度、遥か川下に住む八俣《やまた》の大蛇《おろち》が、この山奥まで上って来て、娘を一人ずつ取って食べてしまうのです。そして今年またその時が来たので、こうして哭いているのでございます」

須佐之男命「その八俣の大蛇とは、いったい如何《いか》なるものじゃ」

足名椎「はい。その目は赤く熟した鬼灯《ほおずき》のようで、身は一つなのに頭《かしら》が八つ、尾も八本あり、全身に苔《こけ》と檜《ひのき》と杉が生えていて、長《た》けは八つの谷と八つの尾根にわたり、その腹はいつも血塗《ちまみ》れに爛《ただ》れております」

その犠牲になろうとしている櫛名田比売をじっと見て、

須佐之男命「汝《な》が娘を、吾《あれ》に奉らぬか」

単刀直入にいうと、意表を突かれて狼狽《うろた》えた様子を見せ、

足名椎「恐れ多きことながら、御名《みな》も存じ上げませんので……」

須佐之男命「吾は、畏《かしこ》くも高天の原に御座《おわ》す天照大御神《あまてらすおおみかみ》の同母弟《いろせ》で、須佐之男命。いまここへは高天の原から降《くだ》って参ったのだ」

その表情と口調の威厳に打たれて、

足名椎「恐れ入りました。娘は上げ奉ります」

すると須佐之男命は、たちまち櫛名田比売を高貴な櫛の姿に変えて、自分の御角髪《みずら》に挿し、唖然《あぜん》としている足名椎と手名椎に、矢継ぎ早に指示を下す。

須佐之男命「汝等は、釀《かも》しを八度繰り返して、八塩折《やしおお》りの酒を釀し、家の周りに垣を廻《めぐ》らして、その垣に八つの門を開き、門毎《ごと》に桟敷を設《しつら》え、桟敷毎に酒槽《さかぶね》を置き、槽《ふね》毎に八塩折りの酒を満たして、八俣の大蛇を待ち受けよ」

その指示に従って、忙しく立ち働く足名椎、手名椎と家に仕える男たち。

準備万端を調えて、待ち受けた夜——。

闇の中に、爛爛《らんらん》と光を放つ十六の赤い鬼灯のような目が現われ、周囲を見回すように、それぞれの位置を上下左右に変化させながら、だんだんとこちらへ無気味に近づいて来る。

垣の近くまで来た八俣の大蛇は、饗応《きようおう》の支度を発見した目の動きになって、まず酒槽の中身と味を試したあと、頭を一つずつ八つの槽に突っ込み、ぐびぐびと八塩折りの強い酒を飲み始め、じきにご機嫌になったらしく、八つの頭をふらふらと揺らしたり、踊るように動かしたりしていたが、そのうち逆上して制御不能になった様子で、幾つかの頭を凶暴に振り回すうち、次第に動作が鈍くなり、やがてぐったりと酔《よ》い潰《つぶ》れてしまう。

須佐之男命は、いちばん端の頭に乗り、順順に隣の頭に乗り移っては強く踏みつけ、反射的に尾を撥《は》ね上げたりはするものの、ほとんど前後不覚になっているのを確かめたうえで、腰に佩《は》いていた十拳剣《とつかつるぎ》を抜き放ち、飛び跳ねて八つの頭を次次に突き刺して行く。

それぞれの傷口から夥《おびただ》しい量の血が流れ出し、地を伝って肥の河にまで達して、水の流れが真っ赤に染まる。

須佐之男命が、さらに胴体のあちこちを突き刺して回るうち、真ん中の尾にかちんと硬質の手応えがあって、十拳剣の切っ先が欠けてしまう。

怪しんでそこを切り裂いてみると、出て来たのは抜群に堅固で鋭利な刃を持つ見事な大刀《たち》――。

語り手「これがのちに天照大御神に、その由来を申し上げて、献上奉った草薙《くさなぎ》の大刀である」

恐るべき怪物（斐伊川の流域に産する砂鉄を原料に厖大な量の木炭を燃料にして始まったタタラ製鉄という未知の産業と、砂鉄を産する地域の山間部の豪雨時にしばしば起こった大規模な土砂流の猛威の象徴とも考えられる）の退治を終えた須佐之男命は、足名椎に告げる。

須佐之男命「吾は、妻と暮らす新宮を建てる土地を、この出雲国のどこかに求めたいとおもう。吾を案内して尋ね歩いてはくれぬか」

頷いた足名椎に導かれて、山中の道を歩き始める。

野の道を行く小さな二人の姿の俯瞰《ふかん》。

その背景が幾度か移り変わって……。

二人の視野に、山に囲まれて広く開けた土地が映る。

須佐之男命「ここへ来て、吾の心はまことに清清《すがすが》しい。新宮の地はここに定めよう」

そう告げられたので、ここは須賀（島根県雲南市の須賀と想定される）と呼ばれるようになった。

そこに新築成った宮は、天《あま》つ神の住居とおなじ高床式だが、より豪壮な印象が強い。
それを眺めるため、足名椎をともなって、近くの山へ国見に登ったとき、眼下の新宮のあたりから、雲が立ち騰《のぼ》るのが見え、須佐之男命は、景色と自分の心情を重ね合わせて、一首の歌を詠む（以下、登場人物の詠む歌は、画面に字幕で示される）。

八雲《やくも》立つ　出雲八重垣《やえがき》　妻籠《つまご》みに　八重垣作る　その八重垣を

（出雲国に立つ八雲が　八重の垣を作っている。新婚の夫妻《つま》を籠もらせるためのその八重垣をいま吾は見ている）

（これは『古事記』に出て来る五・七・五・七・七調の最初の歌で、わが国の短歌〈和歌〉の嚆矢《こうし》とされる。
須佐之男命は、高天原で大暴れを演じた荒ぶる神であるばかりでなく、和歌の元祖であって、しかもこれほど万感の籠もった秀歌を作る歌人でもあったのだ）

歌を詠み終わった須佐之男命は、振り返って足名椎にいう。
須佐之男命「汝は我が宮の首《おびと》となれ。ゆえに汝を新たに稲田宮主須賀之八耳神《いなだのみやぬしすがのやつみみのかみ》と名づける」

夕暮れの新宮の前に、向かい合って立つ須佐之男命と櫛名田比売。

夫が妻を新宮の寝所に導き、抱き合ってまぐわいを始める。

天つ神の子と、国つ神の子孫の婚姻が成立したのである。

そうして生まれた男子に、国つ神の血を引く女子を娶《めあ》わせる婚姻が、何代にもわたって続き、やがて生まれたのが出雲国の主神となる大国主神――。

語り手「大国主神は、またの名を大穴持神、またの名を葦原醜男神《あしはらしこおのかみ》、またの名を八千《やち》矛神《ほこのかみ》、またの名を現国魂神《うつしくにだまのかみ》といい、合わせて五つの名を持つ大神であった」

稲羽の素兎

国見の山からの眺望が、キャメラのゆっくりしたパンにつれて、八雲立つ出雲国の全般におよぶ。

語り手「大国主神には、それぞれ母が異なる兄弟の八十神《やそがみ》がおられ、たがいに相争っておられたが、最後にはみんな、国を大国主神にお譲り申し上げることになった。そこに至るまでの仔細《しさい》を物語れば……」

出雲国、伯耆国《ほうきのくに》に続く因幡国《いなばのくに》の海辺を、十数人の若者が歩いて行く後に、いちばん年少と見える一人が、一同の旅の荷を収めた大きな袋を担いで背負い、従者のような姿でついて行く。

少年（大穴持神）は、異母兄たちのいじめの対象になっているらしく、罵声《ばせい》を浴びせられたり、石をぶつけられたりしている様子。

石で追われた少年と、兄たちのあいだに、だんだん大きな距離ができる。

しかし、異母兄たちも一致団結している訳ではなく、たがいに啀《いが》み合ったり、小突き合ったりしている。

これは、世にも美しいという評判が高い稲羽（因幡）の八上比売《やがみひめ》のところまで、わざわざ求婚にやって来た旅なので、若者たちは恋敵同士でもあるのだ。

いまや大穴持神の姿が見えないほど遠く離れて進む先頭の一人が、気多《けた》の崎《さき》（現・鳥取市の岬）の砂浜で、奇妙な生き物を見つける。

全身の毛を剝《は》ぎ取られ、赤肌になって、心細げに泣いている兎――。

若者の一人が問いかける。

八十神（一）「なにを泣いているのだ」

答えて、

兎「我が衣服《きもの》を剝ぎ取られてしまったので、いったいどうすればいいのかと……」

八十神（二）「なんだ、そんなことも知らぬのか。海の塩水を浴びて、高い所に伏し、風に当たっておれば、また毛が生えてくる」

八十神（三）「その通りじゃ。そうすれば前よりも、もっと立派な毛が生えて来るぞ」

八十神（四）「そうじゃ。その通りじゃ」

大声で笑い合って、若者たちが立ち去ったあと、海に入って行く兎。

海から上がって、浜辺の岩の上に蹲《うずくま》る。

そうして風を受けるうち、肌に皹《あかぎれ》が生じ、切れ目がどこもかしこも次第に深く割れて行く。

痛みに耐え兼ねて、苦しげに呻《うめ》いているところへ、袋を担いでやって来た少年が、真剣に気遣う面持と声音で、

大穴持神「どうした、どうしてこんなことになった」

兎「はい、じつは……」

答える言葉に合わせて、回想の光景になる。

兎「僕《われ》は、隠岐《おき》の島からこの地へ渡って来ようとしたのですが、海を渡る手立てがありません。そこで海の鮫《わに》を欺いてこういいました。『吾《あ》と汝《な》を競べて、どちらの同族《うがら》が多いか、数えてみることにしよう。汝は同族をことごとく率いて来たり、隠岐の島より気多の崎まで、並び伏して橋を渡せ。吾はそれを踏んで走りつつ数をかぞえよう。そうすればどちらの数が多いかわかるではないか』。そして欺かれた鮫が並んで伏した上を数えて渡り、ついに地に達しようとしたとき、嬉《うれ》しさのあまりおもわず『ワーイ、汝らは吾に騙《だま》されたんだよう』と叫んだとたん、いちばん端の鮫に捕えられ、衣服をすべて剝

ぎ取られてしまいました。歎《なげ》き悲しんでいたところへ、先に通りかかった命《みこと》たちに『海の塩水を浴び、風に当たって伏しておれ』と教えられ、その通りにしたら、こんな皹だらけの酷《ひど》い有様になってしまったのです」

語り終えた兎に、

大穴持神「これよりすぐに水門《みなと》（河口）へ行き、川の水で汝《な》が身を洗え。さらに水門のあたりに生えている蒲《がま》の穂を集め、それを敷きつめた上に、繰り返し寝転がっていれば、汝の膚《はだ》はかならずもとのように癒《い》えるであろう」

と教え、その通りにした兎の膚に、白い毛がふさふさと生えてくる。

そして、兎神となった稲羽の素兎《しろうさぎ》は、前とは打って変わって気品のある居住まいを示して、大穴持神にこう予言する。

兎神「あの八十神の命たちは、決して八上比売を娶《めと》ることはできません。いま袋を背負って賤《いや》しき従者の姿をしている汝命《いましみこと》こそ、きっと八上比売の夫となるでしょう」

大穴持神の受難

豪壮な高床式の建物のなか――。

横に並んで坐している八十神に対し、家の主《あるじ》の側にいた姫が口を開く。

八上比売「出雲の八十神の命《みこと》さまのなかに、吾が夫とする方はおりません」

失望と落胆の表情を浮かべる若者たち。

八上比売「吾が夫となる方は……」

目を戸外に向け、
八上比売「あの大穴持の命です」

高床式の階段の下に、従者の姿勢で控えていた大穴持神、その声を耳にして、はっと身を固くする。

八十神の若者たちの怒りと嫉妬の視線が、大穴持神に突き刺さる。

出雲国に向かって帰途につき、海辺の道を行く八十神と、後に続く大穴持神のあいだの距離は、依然として大きい。夕暮れの浜辺で、八十神の数人が輪になって頭を集め、密議を凝らしている気配。

八十神（一）「大穴持を亡き者にすれば、八上比売も吾らのうちから夫を選ぶしかあるまい」

八十神（二）「そうだ、殺してしまえばよいのだ」

八十神（三）「では、どのようにして……」

声を潜めて密議する気配が、夜の闇に沈む。

翌朝、晴れた山道で、向こうから近づいて来た八十神の一人（ほかの若者の姿は見えない）が、大穴持神に声をかける。

八十神（一）「ここは出雲と伯耆の国境《くにざかい》じゃ。あの手間《てま》の山を越せば、出雲に入って、間もなく汝《いまし》も母じゃ人の刺国若比売《さしくにわかひめ》に会える。嬉しかろう」

大穴持神「はい」

　本当に嬉しそうな顔に、オーバーラップして懐かしい母の顔が浮かぶ。

　機織《はたおり》に精出す刺国若比売の姿。

八十神（二）「じゃが、難儀なのは……」

　目の前の山を指して、
八十神（一）「あの手間の山に棲《す》む赤猪《あかいのしし》じゃ。このあたりの民を苦しめる赤猪を退治すれば、汝もまこと八上比売の夫にふさわしき男子《おのこ》としての名を揚げられるであろう。吾らが先に山に登り、赤猪を取り巻いて追い落とすゆえ、汝は夕暮れを待って山に入り、かならずその赤猪を捕えて仕留めよ。もしそれができなければ、だれも汝を八上比売にふさわしき男子とはおもわぬであろう。見事に果たせば、母じゃ人もきっとお喜びになるに違いない」

　それを聞いて、大穴持神の眉間に決意の色が浮かぶ。

　一方、遥か山の上では、八十神の若者たちが、森の樹の枝をたくさん切り落とし、盛んに焚き火《たび》をして、巨大な石を焼いている。

　次第に日が暮れる夕闇のなかで、熱せられた石塊の下面が、赤い光を放ち始める。

麓《ふもと》で見張っていた数人が、駆け上がって来て告げる。

八十神（二）「来た、来た。大穴持がやって来たぞ」

山道の下方に、登って来る大穴持神の姿が朧《おぼろ》げに見える。

若者たちはそれぞれ手にした太い枝で、焼けた石塊を動かし、山道に移動させ、喚声を挙げて突き落とす。

回転しながら猛烈な速度で落ちて来る石塊が、本当に赤い猪のように見える。

大穴持神は臆《おく》せず、腰から抜き放った剣を振り翳《かざ》し、赤猪に向かって果敢に突き進んで行ったものの急坂で速度を増した石塊の重さと勢いには抗するすべもなく、あっという間にその下敷きになって轢《ひ》かれてしまう。

あとに残ったのは、衣服がすべて燃え尽くし、膚も焼け爛《ただ》れた無残な死骸《しがい》――。炬火《きょか》を先頭に掲げ、大穴持神の死骸を畚《もつこ》に入れて担いだ若者たちが、母の待つ家に着く。

八十神の一人が、母に事の次第を伝える様子。

若者たちが去ったあと、母は見る影もない有様となったわが子の側《そば》に泣き伏す。その姿から、淡い人間のかたちで魂が抜け出し、母は月と星が輝く夜空に浮遊して、天地《あめつち》の初めに成られた神産巣日神《かみむすひのかみ》（出雲の神神の祖神）に、泣きながら切切と訴える。

刺国若比売「吾らが大御神《おおみかみ》、神産巣日神様、二人となきいとしのわが子が、火の獣《けもの》と戦って敗れ、果敢《はか》なくなってしまいました。なれど、大穴持神は出雲国にとって、何者にも代え難い貴き命《みこと》、吾はいったいこのあと、どうすればよいのでございましょうか」

神産巣日神「そのように歎き悲しまずともよい。蚶貝比売《きさがいひめ》と蛤貝比売《うむぎひめ》を下界に遣わす。この二柱が、大穴持神をふたたび蘇《よみがえ》らせてくれるであろう」

それを聞いて、刺国若比売の魂が地上の身体《からだ》に戻って見ると、そばに二柱の女神が立っている。

その蚶貝比売と蛤貝比売が力を合わせて、たくさんの赤貝の殻を削った粉を集め、蛤《はまぐり》の汁に溶いて、焼け爛れた死骸の膚に塗ると、大穴持神はまたもとの凛凛《りり》しい姿になって蘇る。

森の中に集まった八十神の若者たち、苛立《いらだ》ちを露《あら》わにした声で、
八十神（三）「大穴持は死んでいなかったぞ」

八十神（一）「亡骸《なきがら》を母のもとへ運んで行ったのが間違いであった」

八十神（二）「それゆえ生き返らせることになってしまったのだ」

八十神（一）「こんどは殺してからさらに、亡骸をだれにも見つからぬようにすればよい」

八十神（二）「あるのか、そのような手立てが」

八十神（一）「ある。だれの目にも決して見つからぬところへ、亡骸を隠す手立てが……」

それを聞く八十神の真剣な表情――。

道端の草叢《くさむら》に隠れ伏していた若者たち、通りかかった大穴持神の背後から忍び寄り、大きな布を被《かぶ》せて捕え、もがいて抵抗するのを、縄でぐるぐる巻きに縛り、みんなで担ぎ上げて、森へ向かう。

大穴持神を担いで森の中の道を進むのは、八十神の半数。

残る半数は、その先で何かしていた気配。着いた場所では、伐り倒された大樹の幹が、芯のあたりまで深さ半分ほど縦に断ち割られ、隙間を空けるため大きな楔《くさび》が打ち込まれている。

運んで来た八十神は、その隙間に大穴持神を押し込み、楔を取り去ると、強引に反り返されていた樹木の復元力で、圧《お》し潰された大穴持神の体は、重なり合った割れ目に完全に隠されてしまう。見た目には、ありふれた倒木と殆《ほとん》ど変わりがない。

口口に快哉《かいさい》を叫び、手を振り上げて、山を下って行く若者たち。

家で機織に専念していた刺国若比売、ほかの人には聞こえない声を耳にした面持で立ち上がる。

声に導かれて、森の奥へ登って行く。

さして変哲のない一本の太い倒木に、吸い寄せられるように近づき、木肌に耳を当てる。

中から微《かす》かな声が聞こえてくる。

大穴持神「母じゃ人、母じゃ人」

刺国若比売「おう、そこにいるのじゃな。いますこし耐えておれ。じきに助けに来る」

そういい置いて、山を下った母は、やがて杣夫《そまふ》の一団を連れて戻って来る。

杣夫は石斧《せきふ》を振るい、倒木の幹を断ち割って、大穴持神を助け出す。

刺国若比売「あの赤猪の企《たく》みとおなじように、これも八十神たちの仕業であろう」

大穴持神「その通りです」

刺国若比売「このままここにいては、いつかは八十神たちに殺されてしまう。吾らが祖神須佐之男命が坐《ま》します根の堅州国へ行くがよい。まず木国《きのくに》（紀伊国）に大屋毘古神《おおやびこのかみ》を尋ねよ。その神が根の堅州国へ参る道を知らせてくれるであろう」

母にそう教えられて、大穴持神は木国へ向かう。

（かつて伊邪那岐命が、亡き妻伊邪那美命を尋ねて行ったときは、出雲国が地底の黄泉国へ通じる場所であった。高天原からすれば地の涯《はて》であったからだ。だが、そこに住む人びとにしてみれば、出雲は世の中心で、地の涯などであろう筈《はず》がない。出雲人には、果て知れぬ森林がどこまでも鬱蒼《うっそう》と続く木国の先に、根の堅州国があると信じられていたのに違いない。そして実際に……といえるかどうか、大森林の中に鎮座する熊野本宮の主祭神は、須佐之男命なのである）

野の道を進む大穴持神の背後に、八十神の若者たちが現われる。

またも大穴持神が生きていると知って、追って来たのだ。

俯瞰のロングショットの視野のなかで、剣を抜いた八十神と大穴持神の間に、戦いが始まる。だが、二度も死から蘇った大穴持神は、風貌《ふうぼう》も動作も格段に精悍《せいかん》さを増していて、八十神は全く敵《かな》わない。獅子奮迅《ししふんじん》の戦いのすえ、八十神を残らず蹴散らした大穴持神は、剣を鞘《さや》に収め、祖神須佐之男命が坐《ま》します根の堅州国へと向かって行く。

根の堅州国

底知れぬ神秘と幽邃《ゆうすい》の気を漂わせる熊野の山中——。

樹樹の濃い緑を縦に割って、長く白い滝が流れ落ちている。

その裾に連なる崖の道を辿って、滝壺に近づいて行く大穴持神。

烈《はげ》しく飛沫《しぶき》がかかる水際の道から、この国の大屋毘古神に聞いて来た通り、滝の裏側に回ると、そこに大きな洞穴がある。中へ入り、しばらくは外光を頼りに、地底に通じる道を下るにつれて、次第に明るさが薄れ、ついに真っ暗になり、何も見えない闇の中をさらに進むうち、やがて行く手に忽然《こつぜん》として、不思議な眺めが開ける。

野があり、川が流れ、田畑のなかに家屋が点在していて、外界と変わらぬ景色だが、全体に薄明の頃合で、色調がはなはだ淡い。

高床式ではなく、掘建て式の建物のなかで、いちばん大きく豪壮な構えの家の前に立ち、大穴持神が内へ声をかけると、一人の娘が出て来る。

二人はたがいに一目で、相手に強く魅了された様子――。

大穴持神「汝《いまし》の名は……」

須勢理毘売「吾が名は、須勢理毘売。須佐之男命の女《むすめ》です」

瞬時にして恋に落ち、相思相愛であることを目で確かめ合った二人は、川岸へ行って、岸辺の茂みに身を隠し、しっかりと抱き合って結ばれる。

婚姻《まぐわい》を終え、装いの襟を正して立ち上がった須勢理毘売は、大穴持神を導いて、家に戻り、父の須佐之男命に告げる。

須勢理毘売「たいへんご立派な神がいらっしゃいました」

父も一目見ただけで、相手が何者であるかを悟り、

須佐之男命「これは葦原醜男という神ぞ」

と娘に告げる（葦原醜男とは、葦原中国《あしはらのなかつくに》で第一の勇者という意味）。

そして、大穴持神を一室に導き、

須佐之男命「汝の寝間はここじゃ」

と中へ入れて、音高く戸を閉める。

土間の床には、一面に蠢《うごめ》く無気味な蛇の群れ――。

多く頭を擡《もた》げ、ちらちらと舌を出して寄って来るさまに、大穴持神がぞっとして立ち竦《すく》んだとき、部屋の戸が少し開いた隙間から、須勢理毘売が一枚の領巾《ひれ》（女子が首に巻く装身用の布。魔除《まよ》けの呪力を持つ）を差し出して、

須勢理毘売「蛇が噛《か》みつきそうになったら、これを三度振って打《う》ち祓《はら》いなされ」

と教え、その通りにした大穴持神、蛇が一斉にさっと遠のいて空いた床に、身を横たえて眠る。

翌日の夜に、須佐之男命から与えられたのは、土間中に百足《むかで》が這《は》い回り、宙には蜂《はち》が飛び回る部屋。

こんども須勢理毘売に、百足を祓う領巾と、蜂を祓う領巾の二枚を差し入れられて、大穴持神は事なきを得る。

次の日には、

須佐之男命「吾について参れ」

そういって、大穴持神を広い枯れ野の端に伴い、鏑矢《かぶらや》（放つと風を受けて鳴る鏑を先端につけた矢）を、野の上空に放って、

須佐之男命「あの鏑矢をこれに持ち帰れ」

と命じ、大穴持神が野の中へ入ったあと、周囲の枯れ草に火をつけて回る。

大穴持神を取り囲んだ火焔《かえん》の円陣が、だんだん輪を狭めて迫って来て、もはや助かる

道はどこにもないとおもわれたとき、足元で一匹の鼠《ねずみ》が、
鼠「内はほらほら、外はすぶすぶ」

と鳴く。

内は洞洞《ほらほら》、外は窄窄《すぶすぶ》……で、足下に口のない洞穴があると教えてくれたのに違いないと悟った大穴持神は、どんとおもいきり強く足を踏み、そのまま落下した穴の中に身を潜め、じっと待つうちに、火焔は上を通り過ぎてしまう。

穴の中に、鼠が鏑矢を咥《くわ》えて来て、大穴持神に奉る。矢の尻尾《しっぽ》の羽根は、鼠の子供たちに齧《かじ》られて原型をとどめていない。親鼠は矢の先端の鏑、子鼠は尻尾の羽根を咥えて運んで来る途中、子供たちが羽根を齧り取ってしまったのだ。

焼け野原に、大穴持神の姿が見えないので、死んでしまったものとおもった須勢理毘売は、葬送に必要な葬具を持って、哭きながらやって来る。

自分の子孫で、娘の夫となった大穴持神に試練を与え、その勇気と力量を試そうとしていた須佐之男命も、ついに果敢なくなってしまったか……と、憮然《ぶぜん》として立ち尽くしたまま。

そこへ、穴の中から姿を現わした大穴持神が、持ち帰った鏑矢を献上したので、心中大いに安堵《あんど》した気持を、しかし面には出さず、
須佐之男命「もうひとつ、頼みたいことがあるのじゃが……」

そういって、家に連れ帰り、自分の寝所に入って、
須佐之男命「頼みというのは、吾の頭の虱《しらみ》を取り、汝の口でことごとく嚙み潰してもらいたいのじゃ」

と、大穴持神に新たな試練を課す。

頭髪を解《ほど》いて坐《すわ》った須佐之男命の背後に回り、膝《ひざ》をついた大穴持神が、髪を掻《か》き分けてみると、根元に蠢いているのは、虱ではなくて百足――。

毒液をふくむ百足を、これほどたくさん口中で嚙み潰したのでは、果たして無事でいられるかどうかわからない。

一瞬、躊躇《ちゅうちょ》した大穴持神の後ろから、須勢理毘売が足音を忍ばせて近寄って来て、椋《むく》の木の実と赤土《はに》を、そっと差し出す。

すぐにその意を察した大穴持神は、片手の指先で髪をさぐりながら、もう一方の手でつまんだ椋の実を口に入れて嚙み潰した音を立て、続いてふくんだ赤土とともに、唾《つば》ごとぺっと土間に吐く。

横目でそれを見た須佐之男命は、自分が命じた通り、ほんとうに百足を嚙み潰しているものとおもい、今度こそ安堵と信頼の色を浮かべ、心を許した面持でぐっすりと眠りこんでしまう。

立ち上がった大穴持神は、須佐之男命の長い髪を幾本かに分けて束ね、縛った紐《ひも》をそ

れぞれしっかりと、寝所の屋根裏の垂木《たるき》に結びつける。

このままここにいたのではどんなことになるかわからない。

脱出を決意した大穴持神は、寝所の入口を巨石で塞《ふさ》いで、妻の須勢理毘売を背負い、両腕に須佐之男命の神器《じんぎ》である生大刀《いくたち》と生弓矢《いくゆみや》、それに神の託宣を伝える天《あめ》の詔琴《のりごと》を抱えこんで家を出ようとするが、天の詔琴の弦が庭の木の枝に触れて、驚くほどの音が鳴り響く。

その音で目覚めた須佐之男命が、飛び起きて追おうとすると、髪と紐で結ばれていた屋根裏の垂木が強く引っ張られて、寝所が轟然《ごうぜん》と崩壊する。

そして須佐之男命が垂木と髪を結ぶ何本もの紐を解くのにひどく手間取っているうちに、かなり先まで逃げた大穴持神は、背の須勢理毘売に教えられて、滝の裏側から入って来たときとは反対の方向にある出口を目ざす。

地下の国から地上の国へ通じる黄泉比良坂《よもつひらさか》を駆け登って、首尾よく脱出に成功した大穴持神に、坂の下から須佐之男命が、大音声《だいおんじょう》で呼びかける。

須佐之男命「葦原醜男神。汝《いまし》はその生大刀と生弓矢を持ちて、汝が庶兄弟《ままあにおと》をば追い伏せ追い払い、大国主神となれ。また現国魂神となり、我が女《むすめ》須勢理毘売を嫡妻《むかいめ》として、出雲の宇迦《うか》の山（現在の出雲大社とは反対側の東方の海辺にあった）の麓に、底つ石根《いわね》に太き宮柱を厳《いか》めしく掘り建て、高天の原に氷木《ひぎ》が達するほどに高き御舎《みあらか》を建てて、そこに在《あ》れ」

　そう告げて、最後に親愛の情を籠め、
須佐之男命「こやつめ！」

　と、豪快にいい放って哄笑《こうしょう》する。

語り手「こうして、大穴持神は、須佐之男命の生大刀、生弓矢を持って戦う八千矛神となって、八十神を追い伏せ、追い払って、知ろしめす国を大きく広げて行った」

　そのナレーションに合わせて、対抗する軍勢が戦う山野の俯瞰、八千矛神に跪《ひざまず》いて降伏する八十神……と、幾つかの戦闘と降伏の場面が、ストップモーションをまじえて、連続的に描かれて行く。

（かつて伊邪那岐命が命からがらそこから逃げ帰ったとき、「目にするも厭《いと》わしく醜い穢《けが》れた国」と語った黄泉の国が、ここでは大穴持神に数数の試練を与えて大きく成長させる舞台に変わっている。大国主神の少年時代からここまでは、大穴持神の成長物語である。そして、さまざまに教え、導き、助けて、その成長を強く支えたのが、女性の須勢理毘売であったことを念頭に置いて、今後の展開を見守っていただきたい）

八上比売との婚姻

出雲国を出発し、伯耆国を経て、因幡国に達した八千矛神の軍の隊列（それは少年時代の大穴持神が、重い袋を担いで、異母兄たちの後をついて行った道だ)。

かつて八十神の求婚が行なわれた因幡の豪壮な高床式の邸《やしき》のなかで、八千矛神と八上比売の婚礼の式が挙げられる。

八上比売を乗せた輿《こし》を担いで、帰途につく出雲の隊列。

途中から、何隻もの船に分乗して、海上を進む。

船列が目ざす彼方に、出雲の宇迦の浜に面して、群を抜いて高く聳《そび》える太い九本の木柱に支えられた高床の上に、天下を圧する威容を示して、巨大な御舎《みあらか》が建っているのが、遠方からもはっきり見える。

到着した船から下り、八千矛神の後に従って、浜辺から御舎に通じる長い木橋を昇って来る八上比売を見る——須勢理毘売の嫉妬に燃えた恐ろしい目。

語り手「八上比売は、嫡妻《むかいめ》(正妻)の須勢理毘売を恐れ、やがて生まれた子を木の俣《また》のあいだに置いて、因幡へ帰ってしまわれた。それゆえその御子《みこ》は、木俣神《きのまたのかみ》と名づけられた」

見上げるほど高い御舎の後方に、低く立ち並ぶ住居群の一画にあって、八上比売が住んでいた家の門口に立つ木。

その股《また》に産着姿で置かれた赤児の泣き声が、高く低く響く。(溶暗)

八千矛神の女性遍歴

遠く雪を頂いた山脈が見える高志国《こしのくに》（北陸道）の野道を、八千矛神の隊列がやって来る。

そこを目的として来た豪壮な屋敷の近くで隊列をとめ、馬から下りた八千矛神は、列中の一人を従えて、門口に立ち、前に進み出たその部下（美声の歌い手）が、ゆっくりと大きく輪を描いて舞いながら、朗朗と求婚の歌をうたう。

門口の中では、数人の侍女が、垣に身を隠すようにして、八千矛神の様子を窺《うかが》い、歌を聞いている。

八千矛の　神の命《みこと》は　八島国《やしまくに》
妻枕《ま》きかねて　遠遠《とおとお》し　高志の国に
賢《さか》し女《め》を　ありと聞かして
麗《くわ》し女《め》を　ありと聞かして
さ婚《よば》ひにあり立たし………

（八千矛神の命は　諸国のどこにも
望む妻を得られなくて　遠い高志の国に

賢い女があると聞いて
麗《うるわ》しい女があると聞いて
このように求婚の旅にお発《た》ちになって参られたのですが……）

求婚された沼河比売《ぬなかわひめ》は、屋敷の奥にいて姿を見せず、やがて門口に出て来た美声の歌い手（侍女）が、優雅に舞いつつ返歌をうたう。

八千矛の　神の命《みこと》　ぬえ草の
女《め》にしあれば　我が心　浦渚《うらす》の鳥ぞ
今こそは　我鳥《わどり》にあらめ
後《のち》は　汝鳥《などり》にあらむを
命《いのち》は　な殺《し》せたまひそ……

（八千矛神の命よ　風に揺れる草のように
かよわい女であれば　我が心は浦辺の砂州に集う鳥のように立ち騒ぐばかりです
今は我が心であっても
いずれは汝が心となるでしょうから

どうか鳥の命は取らないで下さい……）

このように歌がかわされて、その夜は顔を合わさずにすぎたが、翌日の夜に、二人は会って結ばれる。

あとでこれを知った須勢理毘売は、尋常でない嫉妬心の持主だから平静でいられる筈がない。

後日また出雲から、部下を引き連れて、旅に出ようとしたとき、烈しく怨《えん》ずる眼差《まなざ》しで睨《にら》みつけている嫡妻《むかいめ》に対し、旅装を調えた八千矛神は、片手を馬の鞍《くら》にかけ、片足を鐙《あぶみ》に踏み入れた姿勢を取って立ち、そばに控えた歌い手が主《あるじ》に代わり、姿形と風情《ふぜい》を似せた身振り手振りをまじえて歌う。その長歌の結びの部分（聞かせ所でもある）はこうだ。

いとこやの　妹《いも》の命《みこと》　群鳥《むらとり》の
我が群れ往《い》なば　引け鳥の
我が引け往なば　泣かじとは
汝《な》は言ふとも　山処《やまと》の
一本薄《ひともとすすき》　項傾《うなかぶ》し

汝が泣かさまく　朝雨の
霧に立たむぞ　若草の　妻の命《みこと》……

（いとしの我が妹よ　群れ鳥のように
われがみなと旅立ち　引け鳥のように　みなを率いて行けば　泣きはせぬと
汝はいっても　山中の
一本薄のように項垂《うなだ》れて
汝が泣く姿は　朝の雨に濡《ぬ》れて
霧に立つ若草のようだ　妻の命よ……）

妻の可憐《かれん》な美しさを讃《たた》えるこの歌を聞いて、それまでの怒りも怨《うら》みも忘れ、心が和《なご》んだのであろうか、八千矛神が旅から帰って来たとき、夕餉《ゆうげ》の席で夫に肩を寄せ、大御酒《おおみさか》杯《づき》を捧《ささ》げられて、須勢理毘売がみずからうたわれた歌は……。

八千矛の　神の命《みこと》や　吾《あ》が大国主《おおくにぬし》
汝《な》こそは　男《お》に坐《いま》せば　打ち廻《み》る
島の埼埼《さきざき》　かき廻《み》る　磯《いそ》の埼落ちず

若草の　妻持たせらめ　吾《あ》はもよ
女《め》にしあれば
汝《な》を除《き》て　男《お》は無し
汝《な》を除《き》て　夫《つま》は無し

（中略）
栲衾《たくぶすま》　さやぐが下に　沫雪《あわゆき》の
若やる胸を　栲綱《たくづの》の
白き腕《ただむき》　そだたき　たたきまながり
真玉手《またまで》　玉手さし枕《ま》き　百長《ももなが》に
寝《い》をし寝《な》せ
豊御酒《とよみき》　奉《たてまつ》らせ

（八千矛神の命よ　吾が大国主神
あなたは男ですからめぐり行く島の埼埼に
若草のような妻をお持ちでしょう
わたしは女ですから
あなたのほかに　男はありません

あなたのほかに　夫はありません
（中略）
楮《こうぞ》で作られた白く清らかな掛け布団の下で
淡雪のように若く柔らかな胸を
楮で作った綱のように白く滑らかな腕を
からみ合わせて　愛撫《あいぶ》し合い
わたしの手を枕《まくら》に　脚をうんと伸ばして
いついつまでも　ゆっくりとお休みなさい
さあ　おいしいお酒をたっぷりと召し上がれ）

歌い終えた須勢理毘売は、大国主神とひとつ杯《さかづき》の酒を分け合って飲み、手をおたがいの首に回して、しっかりと抱き合う。

語り手「こうしてお二人は、いまにいたるまで、仲睦《なかむつ》まじく暮らされることになったのだった」

（『古事記』が述べる物語を、全て実際に起こった出来事と信じた本居宣長に異議を唱え、その音楽性と演劇性を強調したのが、江戸後期の国学者 橘 守部《たちばなもりべ》である。

「古《いにし》へ歌はうたひし也《なり》。うたひし世にはうたふふしぞありつらん」とする橘守部の主張を高く評価して、大正期に独力で『橘守部全集』を編集刊行した国文学者橘純一はいう。守部の特色は、古代歌謡を訳すとき、いつも古代の謡い物としての音楽的な要素や、謡い物に並行したであろう舞踊との関係を忘れなかった点にある……と。

『古事記』神代篇《へん》の三分の一を占める出雲を舞台にした物語のなかで、八千矛神と沼河比売、須勢理毘売のあいだでかわされた歌について、橘守部が「これらは神代の歌とは聞こえず、古風を伝える来目舞〈久米舞《くめまい》〉の余興につけられた楽府の謡い物なりけらし。人情に通じた詞《ことば》が打ち解けすぎて、交接のさまさえ写し出し、またすべてに俳優《わざおぎ》めくふしが多い」と指摘したのに対して、橘純一はこう述べる。

なるほど、八千矛神の歌の前文に「片御手《かたみて》は御馬《みま》の鞍に繋《か》け、片御足《かたみあし》はその御鐙《みあぶみ》に踏み入れて」とあるが如《ごと》きは、戯曲台本のト書のような感じがして、歌劇的舞踊がその背景をなしていたことを想像せずにはいられない……と。

『古事記』は八千矛神の求愛の歌を、本人自身が現場で発声したように伝えるが、橘守部は歌劇のなかで八千矛神に扮《ふん》した伶人《れいじん》（雅楽寮の楽官）が歌ったものとする。

それを当方は、八千矛神と歌い手の二人に分けて、前記のように脚色した訳である。

『古事記』が極めて詳細に伝える出雲国の物語と歌謡について、『日本書紀』は素戔嗚《すさのお》尊《みこと》の八岐大蛇《やまたのおろち》退治と、後に触れる少彦名神《すくなびこなのかみ》にまつわる挿話を記すのみで、ほかは一切何も語らない。

つまりあとは全部、大和朝廷《やまとちょうてい》の漢文史料には記録される筈のない、出雲国だけに口承で伝わる歌物語であった訳で、『古事記』の作者としての稗田阿礼《ひえだのあれ》の面目は、この部分に最もよく発揮されているとみてよいであろう。

とくに八千矛神に向かって、須勢理毘売が妻の真情を綿綿と訴える長歌からは、女性の立場を代表して歌う稗田阿礼の切実な声が惻惻《そくそく》と伝わって来る気がする。

女性遍歴を続ける八千矛神（大国主神）と、自分が唯一の妻でありたい須勢理毘売の熾烈《しれつ》な争いが、結局は夫婦和合の大団円に終わって、作者の支持は嫡妻の側にあったことが明らかになる。

そしてここでも、稗田阿礼の熱演に対して、〈早世した草壁皇子《くさかべのみこ》の妃《きさき》であった〉元明女帝と女官たちが涙を拭いつつ惜しみない喝采を送ったであろうことは想像に難くないのである）

少名毘古那神《すくなびこなのかみ》との出会い

出雲・美保《みほ》の浜辺に立って、晴れた海を見渡していた大国主神が、ふと視線を下に落とすと、不思議なものが波間を漂って、足元に近づいて来る。

蘿藦《かがみ》（ガガイモの古名）を二つに割った半分の中身を刳《く》り抜いた船に、蛾《が》の羽根で作った衣服を着て乗っている極小の神――。

大国主神「汝《いまし》は何者じゃ」

問うても返事がなく、周りの部下もみんな、知りませぬ、と首を振るなかで、そばに寄って来た蟇蛙《ひきがえる》が告げる。

蟇蛙「これはきっと、崩彦《くえびこ》が知っております」

そこで崩彦（案山子《かかし》の神名）を、御舎《みあらか》に召し出すと、一本足でまともに歩けない案山子は、長い木橋をぴょんぴょんと飛びながら登って来て、極小の神を手に乗せた大国主神の問いに、こう答える。

崩彦「これは神産巣日神の御子《みこ》、少名毘古那神にございます」

すぐには信じられず、覡《おかんなぎ》を呼び出し、天地《あめつち》の初めに成られた目には見えない神産巣日神（出雲の神神の祖神）の神意を伺わせれば、祈禱《きとう》して神憑《かむがか》りした覡は、やがて神産巣日神の厳かな声になって語り出す。

覡「こは実《まこと》にわが子ぞ。我が子のうちで、我が手の指の俣《また》よりこぼれ落ちたる子なり。故《かれ》、汝《いまし》葦原醜男神《あしはらしこおのかみ》と兄弟《あにおと》になりて、ともにこの国を作り固めよ」

御舎の御座所で、諸臣のまえに、二柱の神が並んで坐している。

一人は体格の大きい大国主神。

もう一人は、目にもとまらぬくらい小さな少名毘古那神。

出雲の浜では、漁夫たちが盛んな掛声を挙げて網を引き、背後に並ぶ苫屋《とまや》からは炊《かし》ぎの煙が立ち昇って、国は穏やかに栄えている様子だ。

高く太い九本の柱に支えられて、空中に浮かぶ御舎の縁から、民の暮しぶりを見渡して、満ち足りた面持を見せる大国主神。

その大国主神が知らぬ間に、夕暮れの砂浜から、少名毘古那神が蘿摩の船に乗り、日が沈む水平線を目ざして、沖へ出て行く……。

翌日、呼び出された案山子の崩彦が、慌ただしい動きで、長い木橋をぴょんぴょんと登って来る。御前に伺候した崩彦に、大国主神は悲哀と不安を隠しきれない表情で語りかける。

大国主神「少名毘古那神が、海のかなたの常世国《とこよのくに》へ行ってしまった」

崩彦「………」

驚きで声が出ない。

大国主神「我は少名毘古那神とともに、これまでこの国を作って来た。その大切な少名毘古那神がいなくなってしまい、これより先この国をどう作って行けばよいかわからぬ。

崩彦……」

崩彦「はい」

大国主神「汝は一本足ゆえ、広く出歩くことはできず、いつも田に在るばかりだが、天《あめ》が下のことをことごとく知るといわれている。教えてくれぬか。これよりさき、我はいずれの神とともに、この国を作っていけばよいのか」

問われた崩彦は、大国主神を導いて、御舎の長い階段を一本足で降り、飛びながら先に進んで夕暮れの浜辺に向かう。

そこで待つうちに、やがて闇の向こうから海面を照らして、大きな光が近づいて来る。眩《まぶ》しくて姿を定かに見極められないその光が、声だけで大国主神に告げる。

声「吾をよく祭るならば、吾がともにこの国を相作りなさん。もし然《しか》らずば、国は成り難《がた》けむ」

大国主神「それはどのようにお祭りすればよろしいのでしょうか」

声「吾をば、倭《やまと》の青垣の東の山の上に祭り拝《いつ》くがよい」

いい終わると、光は忽然と消え、あとは浜辺に打ち寄せる波の音だけが、闇の中に聞こえる。（溶暗）

〈少名毘古那神は、海の彼方の常世国からやって来た穀霊神〈穀物の中に籠もっている神霊〉で、常世国は生命の根源をなす永遠の理想郷と信じられていた。

祖神の神産巣日神が「我が手の指の俣からこぼれ落ちたる子」といい、その姿が目にもとまらぬくらい小さかったのは、出雲では穀物を作って暮らす人びとが、まだごく少数であったことを示す比喩《ひゆ》であろう。

一方、大国主神が娶られたたくさんの妻のなかでも重要なのは、胸形《むなかた》の奥津宮《おきつみや》に坐《ま》す多紀理毘売命《たきりびめのみこと》である。あの天照大御神との祈誓《うけい》のさい、須佐之男命の物実《ものざね》から生まれた長女で、海人族《あまぞく》の胸形の君たちに崇《あが》められる神だ。

大国主神に、海上から近づいて来た光が、吾をそこに祭れといった倭の青垣の東の山とは、大和の三輪山で、そこに御座《おわ》す大物主神《おおものぬしのかみ》は、前に述べたように大国主神と同神とされており、ともに大八島国《おおやしまぐに》に住む縄文人の神であった点において共通している。

おもうに、出雲に土着していた人びとは、長いあいだ漁撈《ぎょろう》と狩猟で暮らして来たのだけれど、稲作の弥生文化の拡大によって、新しい国造りが必要とされるようになってきた。

少名毘古那神にまつわる挿話は、その推移を象徴的に物語るとともに、これから始まる壮大なドラマの――いわば予告篇の役割も担っているものと考えられる）

第四章　高天原《たかまのはら》と葦原中国《あしはらのなかつくに》の戦い

稲作の普及と拡大を至上の使命とする高天原は、天照大御神《あまてらすおおみかみ》の長男天忍穂耳命《あめのおしほみみのみこと》を出雲国へ向けて使者に立て、「この葦原中国（出雲国）は我が御子《みこ》の知らす国ぞ」という大御神の詔《みことのり》を伝えさせたが、むろん大国主神《おおくにぬしのかみ》と諸諸《もろもろ》の国津神《くにつかみ》が簡単に聞き入れる筈《はず》はない。

何度も使者を立てたが、十数年にわたって埒《らち》が明かず、ついに高天原は剛勇無双の建《たけ》御雷之男神《みかづちのおのかみ》を葦原中国へ送り、事は国津神切っての猛者《もさ》建御名方神《たけみなかたのかみ》との力競べで結着がつけられることになった。

力競べに敗れた建御名方神は、科野国《しなののくに》の州和《すわ》の海（長野県の諏訪湖《すわこ》）に逃れ、大国主神は出雲国の主神を高天原の天津日嗣《あまつひつぎ》の宮居《みやい》に劣らぬ立派な御舎《みあらか》に祀《まつ》ることを条件にして、「国譲り」を承知した。

今に伝わる出雲大社の祭神は大国主神。そして『古事記』では冒頭にその名が出てくるだけで、後は忽然《こつぜん》と消えてしまう天之御中主神《あめのみなかぬしのかみ》も、実はこの社に祀られていたのである。

高天の原

外宮《げくう》本殿の広間に、宰相《さいしょう》思金神《おもいかねのかみ》、使命を帯びて向かった出雲から帰って来た天忍穂耳命《あめのおしほみみのみこと》、それに思金神の祖神である高木神《たかぎのかみ》を中心にして、大臣《おとど》たちが輪になって座し、評定《ひょうじょう》をしている。

思金神「天照大御神より、豊葦原《とよあしはら》の水穂の国は、我が御子《みこ》天忍穂耳命の知らす国ぞ、とのお告げがあり、その詔《みことのり》を実《まこと》のものとなさんがため、葦原中国へ遣わされていた天忍穂耳命が帰って参られた。まず、命の報《しら》せを聞こう」

（天忍穂耳命は、あの須佐之男命《すさのおのみこと》との祈誓《うけい》のさい、天照大御神の物実《ものざね》から生まれた五人の男子の長男である）

天忍穂耳命「葦原中国へ参り、ここは吾《あ》の知らす国ぞ、と天照大御神より吾に下された詔を伝えたのだが、大国主神の御舎《みあらか》に寄り集うた国つ神たちは、まるで聞く耳を持たず、笑ったり罵ったりしたあげく、しまいにはみんないきり立って大騒ぎとなった。すなわち全く相手にされずに追い帰されてしまったのだ。この話は、とても容易《たやす》くは参るまい」

思金神「吾もそうおもう。高木の大神はいかがお考えになられる」

（高木神は、天地《あめつち》の初めに成れる目に見えない高御産巣日神《たかみむすひのかみ》が、現《うつ》し身《み》となってこの世に姿を現わした古翁で、祭事を司《つかさど》る天照大御神と、政事に携わる思金神と大臣らとのあいだで、取次役を務めている）

高木神「それは天照大御神にお伺いを立てなければ……」

斜め上から俯瞰《ふかん》していた古翁の全身像が、正面より仰角でとらえる半身像に切り替わって（つまり時間の経過を示して……）、

高木神「天照大御神は、八百万《やおよろず》の神を呼び集め、天《あめ》の安《やす》の河原《かわら》で、神集《かむつど》いを行なえ、との仰せであった」

天《あめ》の石屋戸《いわやと》から天の安の河原へパンをするにつれ、その数の多さが示される八百万の神（日向《ひむか》の国人たち）に向かい、

思金神「葦原中国は、我が御子が知らす国と大御神が仰せられた国である。なれど、いまそこには、詔に従おうとしない荒ぶる国つ神が、はなはだ多い。これらを説き伏せるのに、いずれの神を遣わしたらよかろう」

その問いに、いろいろ名前が挙げられるなかで、

国人（一）「天穂日神《あめのほひのかみ》がよい」

という声が高い。

天穂日神は、あの祈誓で、天照大御神の物実から生まれた次男である。

国人（二）「そうじゃ、そうじゃ」

国人（三）「天穂日神がよい」

　と賛同者が多く、
思金神「それでは、天穂日神に行っていただくことにしよう」

　と断を下す。

　外宮本殿広間で、思金神と高木神、大臣らが評議しているシーンに、「三年後」という字幕が出る。

思金神「天穂日神が三年経っても帰って来ぬ。相手を説き伏せるどころか、逆に大国主神に手懐《てなず》けられて、葦原中国の人となってしまったのだ。だれか別の神を差し向けなければならぬ。こんどは高天の原で最も武勇に勝れた天若日子《あめのわかひこ》を遣わそうとおもうがどうじゃ」

大臣（一）「よろしいと存じます。それに剣と弓矢に長《た》けた者の軍勢をもつけて……」

大臣（二）「物をいうのは、やはり口よりも、剣と弓矢でございます」

　前の場面よりめっきり老いの色が目立つ思金神、高木神、大臣らが広間で評議するシーンに、「八年後」という字幕が入る。

思金神「天若日子が、八年経っても帰って来ぬ。聞けば、大国主神の娘婿となって、おのれが葦原中国の主になろうとしているとか……。命じられた使いの復奏もいたさず、音信を絶っているのは、全く怪《け》しからぬ。その所以《ゆえ》を糺《ただ》すために、使いを立てねばならぬが、だれがよいか」

大臣（二）「雉《きぎし》の鳴女《なきめ》がよろしいかと……」

思金神「そうだ、鳴女がよい」

高木神「ならばその旨を天照大御神に伝え、大御心《おおみこころ》を伺うことといたそう」

いったん座を離れ、次のカットでは、広間に呼び出された雉（鳴女）に向かって告げる。

高木神「天照大御神は、天若日子にこう問えと仰せられた。汝《いまし》を葦原中国へ使いさせた所以《ゆえ》は、その国の荒ぶる神たちを説き伏せて従わせるためであった。それについてなにゆえ、八年ものあいだ復奏せぬのか、と……」

畏《かしこ》まった気配で、広間を出た雉の鳴女、本殿の縁から空に向かって飛び立つ。

大空を飛ぶ雉の姿が、幾つかアングルを変えて重ねられて——。

出雲・宇迦《うか》の海辺の高い御舎の下に広がる家並のなかの一戸、天若日子の家の門口に植えられた桂《かつら》の木に降り立つ。

呼ばれて出て来た天若日子に、高い枝の上から詔を伝えている様子。

その有様を、家の陰から窺《うかが》っていた巫女《みこ》の天探女《あめのさぐめ》、主《あるじ》の天若日子を手招きし、声を潜めていう。

天探女「その鳥は、声が悪《あ》しく、不吉です。射殺《いころ》したほうがよいと存じます」

頷《うなず》いた天若日子、家の内から、高天の原を出るとき天照大御神より賜った弓矢を持ち出し、狙《ねら》いを定めて放つ。

枝上の雉を射貫《いぬ》いた矢は、さらに上空へ昇って行く。

音を発して飛行を続ける矢。

高天の原の天の安の河原で、神集いを司っていた高木神の前に落下する。

羽根に血がついた矢を拾い上げて確かめ、
高木神「これは天照大御神が天若日子に賜った矢じゃ」

とみなに示し、
高木神「もし天若日子が過ちを犯していないならば、この矢は中《あた》らざれ。天若日子に邪《きたな》き心あるときは、この矢に中って死ね！」

そう叫ぶと、曲がった腰を必死に伸ばして、矢を空に強く放つ。

猛烈な速度を示す音を発して飛行する矢。

出雲・宇迦の家の床に寝て、まだ朝の目覚めに至っていなかった天若日子の胸に突き刺さる。

天若日子の死の知らせが届いた高天の原では、また天照大御神の仰せにより天の安の河原で神集いが開かれ、高木神「次はどの神を遣わせばよいか」
　と問うと、
思金神「稜威雄走神《いつのおはばりのかみ》がよろしいでしょう」
　そう挙げられた名前に、覚えがない面持で、
高木神「それはいかなる神じゃ」
思金神「この天の安の河原より遥《はる》かに奥深い山上にある天の岩屋に、ひっそりと隠れ坐《ま》している神で、天若日子にも劣らぬ武勇の士といわれ、その子の建御雷男神がまた、父にも勝る剛勇の士であるとか……」
高木神「その神の元へは、だれが使者に立つ」
思金神「稜威雄走神は、隠れ坐す岩屋の周りに、高き石の垣を廻《めぐ》らし、そこへ通じる道をすべて塞《ふさ》いでいるので、天鹿児神《あめのかくのかみ》のほかに、そこへ行ける者はありません」
高木神「ならば、天鹿児神を呼べ」
　天鹿児神という神名を持つ鹿がやって来て、高木神の命令を受ける。
　深い森の中を、軽やかな足取りで駆け登って行く神鹿――。
　高い石垣を軽軽と跳び越えて、岩屋に入り、毛皮を着た猟師姿の大男に、高木神から託されて来た天照大御神の詔を伝えると、相手は恐れ入った姿勢で、
稜威雄走神「畏まりましてございます。謹んでお仕え申し上げます。なれど、この御役《おやく》

には、僕《あ》よりよく世の中に通じている僕が子建御雷男神のほうがふさわしいと存じます。どうかその御役を、建御雷男神にお命じ下さりまするよう……」

そして、稜威雄走神の呼ぶ声に応えて姿を現わした建御雷男神は、父をさらに上回る体格の巨漢――。

神鹿は建御雷男神を連れて山を下り、外宮本殿の白洲《しらす》の庭から、縁の上に立つ高木神と思金神に、事の次第を報告する。

思金神「それでは汝《いまし》建御雷男神は、これより天鳥船神《あめのとりふねのかみ》とともに、葦原中国に向かって発《た》て」

天鳥船神は、屈強の水夫《かこ》を多く抱える高天の原の水軍の総帥《そうすい》である。

日向の阿波岐原《あはきはら》（高天の原へ通じる河口の湾）の海上から、建御雷男神が率いることになった軍勢を分乗させて、葦原中国へ向かう天鳥船神の麾下《きか》の数隻の船影が、だんだん小さくなって行く……。

葦原中国
出雲・伊那佐《いなさ》の浜――。
晴れた海の向こうから近づいて来る高天の原軍の船影が、次第に大きくなる。
高い御舎《みあらか》の縁から、それを遠望している大国主神と側近たち。

（大国主神の高床の御舎は、日御碕《ひのみさき》の東側の入江に面していた宇迦から、西の外海を大きく望めるここ伊那佐の浜に移り、大きさも威容も前よりさらに増している）

高天の原軍の船船は、御舎の長い木橋に通じる桟橋に着けられ、建御雷男神と天鳥船神の二人だけが上陸し、それぞれ腰から抜き放った十拳剣《とつかつるぎ》を砂浜に突き立て、その後ろに胡座《あぐら》をかいて坐《すわ》り、出雲側の反応を待つ様子。

御舎から木橋を伝って、使者が砂浜に向かう。

高天の原軍の二人の話を聞いて御舎に戻る。

おなじ動きが何度か繰り返されたのち、使者に伴われて、二人が木橋を昇って来る。

御舎の御座所で、大国主神（髪も眉も鬚《ひげ》もすっかり真っ白な老人になっている）と対座する二人。

建御雷男神「吾らは天照大御神の使いである。汝《いまし》が治める葦原中国は、我が御子《みこ》の知らす国ぞ、との詔を言い付かって参った。汝の心は如何《いか》に」

詰問する口調で発せられた問いに、慇懃《いんぎん》な態度で、

大国主神「その問いに、僕《あ》は答えられ申さず。何故《なぜ》かというに、見ての通りの高齢ゆえ、いまこの国を治めているのは、僕が子八重言代主神《やえことしろぬしのかみ》であるからじゃ」

建御雷男神「ここにおられるか」

大国主神「ここにはおらぬ」

建御雷男神「では、いずこにおる」
大国主神「美保の崎で、猟や漁をしておる。ここしばらくは帰って参るまい」
建御雷男神「ならば、すぐに使いを出して、ここに呼び寄せられよ」
大国主神「さあ、美保へ行ったところまでは　存じておるが、そこから先はまた、どこへ行ったやら」
のらりくらりと躱《かわ》す調子に、
建御雷男神「それを知るにも、まず使いを出さねばなるまい」
と、いきり立つのを抑えて、
天鳥船神「その使いを乗せる船は、こちらが出そう」
相手が使いを出して、見つからなかった……といわれれば、それまでである。
天鳥船神「吾らの船は、空を飛ぶ鳥のように速い。そちらの使いとともに、吾もその船に乗って参る」
いかにも直情径行の建御雷男神に対し、なにか策を廻らしているらしい天鳥船神の冷徹な表情――。
アングルが変わり、時間が経ったことを示す御舎の御座所で、天鳥船神に連れられて帰った八重言代主神が、大国主神にいう。
言代主神「この国は、天《あま》つ神の御子に上げ奉るのがよいと存じます」

それを聞いて、してやったりという顔になり、
建御雷男神「汝《な》が子八重言代主神は、こう申しておる。それでよいのじゃな」
大国主神「いや、まだ……」
建御雷男神「まだ何があるのじゃ」
大国主神「もう一人の僕《あ》が子、建御名方神の申すことも聞かなければ……」
建御雷男神「この国を治めているのは、八重言代主神であると申されたではないか」
大国主神「じゃが、建御名方神に従う国つ神も、まことに多くてな。この荒ぶる神たちは、吾の申すことも聞かぬ」
複雑な面持のアップから、カットが切り替わって、伊那佐の浜――。
砂浜に直接つけられた数隻の舟から、胸に入墨をした海人族の一団が、躍り上がるように上陸し、砂を蹴立てて走り出す。先頭に立つ建御名方神は、建御雷男神にも引けを取らぬとおもわれる骨格の精悍《せいかん》な巨漢。
配下を砂浜に残し、海岸にあった大きな岩石を両手で抱え上げて、御舎に通じる長い木橋を駆け上がる。
足音も荒荒しく御座所に踏みこんで来た建御名方神は、岩石を頭上に差し上げ、高天の原からの一行を睨《ね》めつけて、
建御名方神「汝《いまし》らか、吾らに何の諮《はか》らいもなく、密《ひそ》かにこの国を奪い取ろうとしている

者たちは……」
天鳥船神「奪い取ろうというのではない。ここはもともと天照大御神の御子の知らすべき国。そう仰せられた大御神の詔に従え、と申しておるのだ」
建御名方神「吾らの神は、天照大御神ではない。初めてこの国に宮を造られた須佐之男命じゃ。天照大御神の詔に従わねばならぬ謂《いわ》れはない」
天鳥船神「その須佐之男命も、もとを辿《たど》れば、高天の原におられた天照大御神の弟君。神意を伺えば、きっと天照大御神に従え、と仰せられるであろう」
建御名方神「言葉だけでなら、どのような話でも作り上げられる。つべこべ言葉の論《あげつら》いのみに耽《ふけ》って、真《まこと》の実が究《きわ》められる話ではない。天照大御神に従う汝らと、須佐之男命の裔《すえ》である吾らのどちらが正しいか、力競べで決することにしよう」
建御雷男神「望むところだ」
たがいに睨《にら》み合いながら木橋を下り、伊那佐の浜の中央に立った二人を、大国主神をはじめとする出雲の諸神と、高天の原の軍勢が、大きく取り囲む輪となって坐りこみ、かつて天照大御神と須佐之男命のあいだで行なわれた祈誓《うけい》の形を変えた再現ともいうべき力競べが始まる。
向き合って対峙《たいじ》した二人のうち、
建御名方神「まず吾《あ》が汝《いまし》の手を取らん」

と、右手で相手の右手を握り、おもいきり力を籠め、自分の顔が歪《ゆが》むほどに握力を強めて行くが、建御雷男神は平然として、顔色が少しも変わらない。

次いで膂力《りょりょく》を能《あた》うかぎり発揮して、建御雷男神の体を強引に引き寄せようとしたが、相手は微動だにしない。

そのままの姿勢で、建御雷男神のほうが眼の力を強めていくと、その右腕が冷たい氷柱に一変し、続いて鋭い刃を持つ剣に変化したので、建御名方神は危険を感じて、おもわず手を放してしまう。それに対し、
建御雷男神「こんどは吾が汝の手を取らん」

と強く握りしめ、次第に力を加えて相手の顔を歪ませたとみるや、若葦でも引き抜くように、建御名方神の体を軽く宙に浮かせ、猛然と遥か遠くまで投げ飛ばす。そのさまを見て、
天鳥船神「勝負は決まった。葦原中国は天照大御神の御子が知らすことに、もはやだれも異論を唱える者はあるまい」

と宣言し、大きな輪の半円の高天原勢が、凱歌《がいか》の声を挙げた途端、建御名方神とともにやって来た海人族の一団が一斉に立ち上がり、銛《もり》やヤスを振るって、建御雷男神に打ってかかる。

それに対し、高天原勢も入り交じって乱戦模様になったが、建御雷男神の武勇が群を

抜いている上に、銛やヤスと剣とでは勝負にならず、敗勢に追い込まれた海人族は、砂浜に引き揚げてあった舟へ、次次に乗りこんで、海へ漕《こ》ぎ出して行く。そのなかには、無念で歯軋《はぎし》りしている建御名方神の顔も——。

追いかける建御雷男神と高天原勢も、桟橋から船に乗り込む。

必死に漕ぐ海人族。

麾下の水夫を懸命に叱咤《しった》する天鳥船神。

上空からの俯瞰で、ばらまかれた小さな点となって、大海原《おおうなばら》を行く両者の舟と船の形がとらえられる。

そのシーンにかぶせて、

語り手「建御雷男神は、どこまでも建御名方神を追って行き、ついに科野国の州羽の海に追いつめて、殺そうとしたが、助命を求める建御名方神の言葉を聞いて、それをおもいとどまった。建御名方神はこう語った。この地をのぞいて、もう他の所へは、どこにも参りません。我が父大国主神と八重言代主神の言葉に背くこともありません。葦原中国は天つ神の御子に献上仕ります……と」

出雲の御舎の御座所で、上座に坐した建御雷男神が、下座に坐した大国主神に向かっていう。

建御雷男神「汝《いまし》が子等、八重言代主神と建御名方神は、天つ神の御子の仰せに従って、背くことはありません、と申した。汝の心はどうじゃ」

大国主神「僕《あ》の心も、僕が子等が申した通り――。この葦原中国は仰せのままにことごとく献上仕ります。ただ……」

いったん恭順の意を表わして垂れた頭《こうべ》を上げて、居住まいを正し、凜《りん》とした威厳を漂わせて語る。

大国主神「僕《あ》の住処《すみか》をば、天つ神の御子の天津日嗣が坐《ま》します立派な宮居とおなじように、底つ石根《いわね》に太き宮柱を厳めしく掘り立て、高天の原に氷木《ひぎ》が達するほどに高くお造りいただければ、僕はその片隅の片隅に身を隠して侍《はべ》りましょう。

また僕の子等の百八十神《ももやそがみ》は、八重言代主神が率いて仕え奉りまするゆえ、もはや決して背くことはありません」

そういう大国主神の面貌《めんぼう》に、敗者の卑屈な印象はなく、なぜか勝者の誇りを湛《たた》えているようにさえ見える。

顎を強く引いて頷いた建御雷男神は、むろん勝者の余裕に満ちた表情――。

語り手「こうして建御雷男神は、高天の原に立ち帰り、葦原中国を従わせ平定したことを奏上したのであった」

（大国主神は、服従の条件として、自分に大きな宮殿を建ててくれ、と望んだのであろうか。そうではあるまい。国は献上するけれども、自分たちの神を祀る神殿だけは、これまで以上に立派にして、ちゃんと守り通させてもらいたい、と望んだのだろう。

海辺に住んで、漁撈《ぎょろう》で暮らす出雲族は、稲作を基盤とする大和朝廷《やまとちょうてい》のように中央集権的で組織的な体制を持たず、共通の信仰によって結ばれた多くの部族〈百八十神〉の連合体であったろうとおもわれる。

高天の原の使者に望んで、大国主神が新たに建てた御舎《みあらか》は、日本海の沿岸一帯に広がって、おなじ信仰に結ばれた各部族の人びとが、遥々舟に乗ってお参りに来る場所で、だからこそ遠い海上からはっきり見えるように、氷木〈千木《ちぎ》〉が天空に達するほどの高さを必要としたのに違いない。

当時から今日まで続く出雲大社の祭神は大国主神。その主神が崇《あが》めた神として、天之御中主神、高御産巣日神、神産巣日神《かみむすひのかみ》が、御客座に祀られている。さよう、『古事記』の冒頭に、天地《あめつち》の初発《はじめ》のとき高天の原に成れる目には見えない超越神として語られた神神である。

天之御中主神は、『古事記』には冒頭の一行に出てくるだけで、あとは忽然と消えてしまう。その存在をはっきり目に見える姿に具象化した天照大御神が、高天原の主神となったからであろう。だが『古事記』から消えた天之御中主神は、ちゃんとここに祀られていた。出雲大社が、天照大御神が出現する遥か以前からの――最も原初的な神神への信仰を、いまにいたるまでわが国に伝えている社であることは、明白であるといわなければならない。

　すなわち『古事記』の作者は、葦原中国が高天原に服従する必然性を物語る根拠として、出雲の祖神須佐之男命は、もともと天照大御神の弟であった……という逆立ちの系譜を編み出し、歴史的には遥か古層に属する出雲神話を、新しい地層の高天原神話の前後に組み入れることによって、両者の統一を図ったものと考えられるのである。


「雲に入る千木」と謳《うた》われてきた出雲大社本殿の高さは、現在でも八丈〈約二十四メートル〉と、見上げるほどの高さだが、それが中古においては倍の十六丈、上古においてはなんとさらにその倍の三十二丈あったと伝えられる。三十二丈といえば、約百メートル近く――。とても信じられる話ではない。

　だが昭和の初期、内務省造神宮司庁の嘱託福山敏男〈京都帝大工学部建築学科卒でのちに京大工学部教授となる寺社建築研究の第一人者〉が、社伝とともに出雲大社に伝わる「金輪造営図《かなわのぞうえいず》」を仔細《しさい》に分析した結果、それが設計図として十分に合理的なものであると判断し、造神宮司庁技手の建築家の協力を得て製図した古代出雲大社本殿の設計図を発表した。

　九本の巨大な木柱に支えられた高さ十六丈の本殿から、あたかもスキーのシャンツェをおもわせる傾斜と構造で、「金輪造営図」には長さ一町〈百九メートル強〉と記された引橋が、地上に向かって下っている。

この福山敏男の考究は、長く学界の支持を得られなかったのだが、平成12年4月29日の新聞各紙は、出雲大社の境内から、巨木三本を束ねた直径三メートルの巨大な柱〈の基部〉が出土したニュースを大大的に報道し、それが大社に伝わる「金輪造営図」の図様と一致するところから、高さ約四十八メートルの高層神殿の実在の可能性が一気に高まった。

それほど壮大な建築物が、たった一つの部族や地域の力だけで出来たとは、到底考えられない。やはり広い地域にわたる多くの部族の力を合わせて造られたと考えるほうが自然であろう。

また、多くの人が雑然と集まって、ワーワーいっているうちに出来上がるものでもあり得ない。そこには、参加する多数の人を一つに結ぶ共通の信仰、その信仰を体現してカリスマ的なリーダーシップを発揮する指導者、精密で的確な土木と建築の知識と技術を持つ熟練した工匠たちの存在が不可欠であったろう。

以上を要するに、古代の日本海沿岸の一帯に広がっていた出雲世界は、極めて高度の文化を持っていたものと想定されるのである。

大国主神が、出雲族の信仰の対象の堅持を「国譲り」の条件としたために、出雲大社は豪放で躍動感に溢《あふ》れる縄文時代の文化と美学の面影を伝える建物として、今日まで脈脈と続いてきた。

世界中どこでも、新しい宗教に追われた古い宗教の遺跡は、生命感のない廃墟《はいきょ》と化しているが、出雲大社は今も生き生きと活動しており、多くの若者をふくむ参詣者《さんけいしゃ》の絶え間がない。これは世界でわが国にしかない特質といえるであろう。

さらにもう一つ付け加えれば、神話の世界で建御雷男神に一たまりもなく投げ飛ばされ、敗れ去って「科野の州羽の海」に落ち延びて行った建御名方神の運命は、その後どうなったのであろうか……。

科野国の州羽の海というのは、いうまでもなく信濃《しなの》の諏訪湖《すわこ》で、そのほとりに建つ諏訪大社では、七年目ごとに一度、おそらく日本最古で最大の祭りと見てよいであろう「御柱祭《おんばしらまつり》」が行なわれる。

八ヶ岳の御小屋山から伐り出される巨木は、高さ約十七メートル、直径一メートル、重さ十二トンの「本宮一之御柱」を初めとして計十六本。それを諏訪まで約二十キロ、野も山も田も川も一切お構いなく、ただ一直線に引っ張って来て、諏訪大社の上社《かみしゃ》本宮と前宮、下社《しもしゃ》の春宮、秋宮と、四つの社の四隅に建てる。途中御柱にしがみつく氏子を乗せたまま、傾斜が三十五度に近い高さ百メートルの急坂を滑り落ちる「木落《きおと》し」では、死者も出かねない危険さえともなう、まことに勇壮で果敢で猛烈な祭りだ。

巨木一本につき延べ二千人を要する曳子《ひきこ》は、総数三万人。炊出しなどの裏方から見物まで入れて、参加者は二十万人で、諏訪の氏子のほとんど全員におよび、氏子が負担する費用は、総計百十億円に上る。文字通り諏訪を上げてのお祭りで、一昔前は、七年目に一度の御柱祭の年は出費がかさむので、結婚や家の新築はタブーであったといわれる。

この驚くべき大祭が行なわれる諏訪大社上社本宮の祭神が、出雲族の最後の抵抗者――建御名方神なのである。

たいへんな人数と費用を要したであろう古代出雲大社の建設も、非常な困難と危険をともなう「工事」であって、しかも諏訪の御柱祭とおなじように、大勢の人を一箇所に集める勇壮で華麗な「祭事」でもあったのに相違ない。

諏訪大社は、上社前宮・本宮、下社春宮・秋宮の二社四宮で成り立っているが、これは古代の神社そのままの在り方で、各宮で行なわれる祭事の総数は、なんと年間七十五回におよぶ。諏訪の古代の生活は、大社の祭神への信仰を基軸とし、四季それぞれの祭祀《さいし》を句読点として、神の加護を祈りつつ各各の生業《なりわい》に勤《いそ》しむ毎日であったのだろう。なかでも最大の祭事が、寅《とら》と申《さる》の年に、氏子が総出で行なう御柱祭で、ほかには下社の例大祭である「御舟祭」にも注目すべき特徴がある。

これは、御神体を舟型〈柴舟〉の山車《だし》に乗せて、春宮から秋宮に遷御《せんぎょ》させる祭りなのだが、諏訪出身の考古学者藤森栄一は、青柴で造った柴舟の形が、「相当大型な竜骨船《キールドシップ》」

の構造に似ていることに着目し、古代の舟との比較研究を進めた結果、

「諏訪湖は地質的にみても、先史地理学的にみても、今より大湖で、各河水も水量豊富であったことは疑いない。岸には喬木林《きようぼくりん》も多く、また岩礁もあったろう。上代日本全土の海浜で見るような二本竜骨の舟が、石の碇《いかり》とともに山湖まで移入される場合もあったに相違ない」

という結論に達した。

出雲から日本海沿岸を北上する海路の湊《みなと》湊《みなと》には、諏訪神社が幾つもあり、祭神の建御名方神は、いまも「航海の神」として、漁業者の崇敬を受けている。

糸魚川《いといがわ》の手前で、古代においては遥かに水量が豊かであったろう姫川（全長六〇キロ）に入って、ずっと流れを溯《さかのぼ》り、さらに山間の陸路を進んで行けば、やがて眼前に諏訪湖が開ける。洋上を航行する二本竜骨の船が、諏訪の湖上に浮かんでいたとしても不思議はない。

また諏訪湖周辺の山間部において、建御名方神は「森の神」としても崇敬されていた。建御雷男神に軽く捻《ひね》られて、それだけで終わった訳ではない。

葦原中国〈＝大国主神〉から、高天原〈＝天照大御神〉への「国譲り」は、漁撈や狩猟で生きる部族が奉ずる国津神から、稲作と機織《はたおり》で生きる部族が奉ずる天津神へと、大八島の最高神が移り変わる宗教革命であった。

そして、最も志操堅固な国津神であった建御名方神が、科野国の州羽の海に逃れ、「この地をのぞいて、もう他の所へは、どこにも参りません」といって助命〈自分だけでなく最後まで抵抗を続けた出雲族の生存〉を求めてくれたおかげで、われわれは今わが国でたった一箇所、諏訪にだけ残った御柱祭を通じて、遥かに遠く失われた国津神の逞《たくま》しい面影と熱い魂を、まざまざと偲《しの》ぶことができるのである〉

第五章　天孫天津日子《あまつひこ》の降臨

葦原中国《あしはらのなかつくに》を版図に収めた高天原《たかまのはら》は、天照大御神《あまてらすおおみかみ》の御稜威《みいつ》を普《あまね》く地上に伝える「天孫降臨」の計画を実行に移す。

天孫番能邇邇芸命《ほのににぎのみこと》が、最初に降り立ったのは、筑紫《つくし》の日向《ひむか》の霊異《くし》ぶる嶺《みね》――高千穂《たかちほの》峰《みね》であった。

火山の島が浮かぶ湾に面した高台に御舎《みあらか》を構えた邇邇芸命は、ある日、外《と》つ国とわが国を結ぶ最先端ともいうべき笠沙《かささ》の御前《みさき》を訪ね、そこで出会った木花《このはな》の佐久夜毘売《さくやびめ》と結ばれて、火照命《ほでりのみこと》、火須勢理命《ほすせりのみこと》、火遠理命《ほおりのみこと》の三人の子が生まれる。

長子の火照命は海幸彦《うみさちひこ》（漁師）、末子の火遠理命は山幸彦《やまさちひこ》（猟師）になったが、ある出来事がきっかけで、火遠理命ははるばる海底の宮へ行き、海神《わたのかみ》の女《むすめ》豊玉毘売《とよたまびめ》を妻として、波限建鵜葺草葺不合命《なぎさたけうがやふきあえずのみこと》が生まれる。

その子が叔母《おば》の玉依毘売《たまよりびめ》を娶《めと》って、生まれた子のなかの一人が、神倭磐余彦命《かむやまといわれびこのみこと》、のちに神武天皇と呼ばれる日嗣《ひつぎ》の御子《みこ》であった。

高天の原（天上）

地上の葦原中国を、大きく俯瞰《ふかん》していた視点が、だんだんに速度を増して上昇し、雲のなかに入って、しばらく曖昧模糊《あいまいもこ》とした視界が続いたあと、やがて忽然《こつぜん》として眩《まばゆ》いばかりに明るい高天の原の光景が現出する。

ただし、色調は全体に淡くて、いかにも非現実的な眺めだ。（つまりここは、現実の高天の原の光景を天上に反映させて作り出された想像上の世界なのである）

内宮《ないくう》本殿の御座所で、ひとり額《ぬか》ずいて拝謁する高木神《たかぎのかみ》に、なにごとか告げる天照大御神。

それを受けて、外宮《げくう》本殿の広間に呼び寄せた天忍穂耳命《あめのおしほみみのみこと》に、

高木神「葦原中国の平定は終わった。それゆえ、まえに命じた通り、汝《いまし》が天降《あまくだ》りまして、この国を知ろしめせ、との詔《みことのり》であった」

と伝えると、

天忍穂耳命「かつてその命を受けてより、長い年月が経つあいだに生まれた我が子、天《あま》津日高日子番能邇邇芸命《つひこひこほのににぎのみこと》が、立派に成人いたしました。この御役《おやく》は、どうか番能邇邇芸命にお命じいただきとう存じます」

と上奏され、ふたたび内宮本殿の御座所で、天照大御神にお伺いを立てたあと、こん

どは番能邇邇芸命（若若しい青年）を、外宮本殿の広間に呼び寄せて、

高木神「この豊葦原水穂国《とよあしはらのみずほのくに》は、汝《いまし》が知らさん国ぞ、との仰せである」

と告げる。

（天照大御神の孫の名の「天津日高」は天津神の尊称、「日子」は男性の美称、「番能邇邇芸」は稲穂が賑賑《にぎにぎ》しく豊かに実れるさまを示し、この天降りは穀霊神、豊穣神《ほうじょうしん》の派遣という意味を持つ。）

高木神と思金神《おもいかねのかみ》、大臣《おとど》たちのいる外宮本殿の広間へ、番能邇邇芸命の天降りのため、行く手の様子を探りに先発した物見が、途中から引き返して来て報告する。

物見「地へ向かう道の幾つにも枝分かれした天《あめ》の八衢《やちまた》に、上は高天の原、下は葦原中国を照らす光を放って立《た》ち塞《ふさ》がる怪しい神がおります」

思金神、大臣たちと協議した高木神、天照大御神の意向も伺って来て、呼び出した天宇受売命《あめのうずめのみこと》に申し渡す。

高木神「汝《いまし》は手弱女《たわやめ》なれど、立ち向かうだれに対しても物怖《ものお》じしない強面《こわもて》の神である。故《かれ》、往きてその神に向かい、天照大御神に成り代わりて、こう問え。吾が御子《みこ》の天降《あも》りする道に、そのように立ちはだかる汝は、いったい何者か……と」

高天の原から、天の八衢に下って行った天宇受売命の問いに答えて、

猿田毘古神《さるたびこのかみ》「僕《あ》は国つ神で、名は猿田毘古。天つ神が天降りますと聞いて、このように

お迎えに出て参っているのでございます」

その言葉を、高天の原外宮本殿の広間で、高木神、思金神、大臣たちに伝える天宇受売命。

いよいよ天孫天津日高日子番能邇邇芸命の降臨が決定し、それに随従する神神として、天照大御神の御座所に集められたのは……。

天児屋命《あめのこやねのみこと》（祭祀《さいし》を司《つかさど》る中臣連《なかとみのむらじ》の祖）、布刀玉命《ふとだまのみこと》（ともに祭祀を司る忌部首《いむべのおびと》の祖）、天宇受売命（神楽《かぐら》を舞う猿女君《さるめのきみ》の祖）、石凝姥命《いしこりどめのみこと》（作鏡連《かがみつくりのむらじ》の祖）、玉祖命《たまのおやのみこと》（玉造連《たまつくりのむらじ》の祖）と、神事に関わる職能の部属《ともがら》を率いる長《おさ》たち。いずれも天の石屋戸開きで、重要な役割を演じた神神である。

さらに、天照大御神を天の石屋戸から引き出すのに大きな役割を果たした八尺《やた》の鏡、八尺《やさか》の勾玉《まがたま》、須佐之男命《すさのおのみこと》が八俣大蛇《やまたのおろち》を退治したさい尾から取り出して献上した草薙《くさなぎ》の剣《つるぎ》を、三種の神器《じんぎ》として天孫に賜り、思金神、天手力男命《あめのたぢからおのみこと》、天石門別神《あめのいわとわけのかみ》（御門《みかど》の守護神）をも随《したが》わせることにして、こう詔する。

天照大御神「この鏡は、専《もは》ら我が御魂《みたま》として、吾が前を拝《いつ》くがごとく拝き奉《まつ》れ。次に思金神は、前の事（朝廷の政務）を取り持ちて、政《まつりごと》せよ」

そのほか、豊受神《とようけのかみ》（外宮で御饌《みけ》を掌《つかさど》る女神）も一行に加えられた。

準備が調って、天津日高日子番能邇邇芸命は、高天の原の御座所を離れ、幾重にも棚引く雲を押し分けて、神威により道を誤たず、天《あめ》の浮橋《うきはし》を経て、筑紫の日向の高千穂の霊異《くし》ぶる嶺に天降る。

弓矢と大刀で武装して、先駆けを務めたのは、天忍日命《あめのおしひのみこと》と天津久米命《あまつくめのみこと》。天忍日命は軍事を統率する大伴連《おおとものむらじ》の祖で、天津久米命は近衛《このえ》にあたる久米直《くめのあたい》の祖である。

高千穂嶺の頂から、広大な湾に接する山麓《さんろく》へ向かう途中で、眼下に広がる壮大な景色を、一望に収めて、

番能邇邇芸命「ここは韓国《からくに》（朝鮮）に向かい、道がずっと笠沙の御前に通じていて、朝日が直射《たださ》し、夕日が輝いて沈む、まことに吉《よ》い地《ところ》である」

そう語って、一行を引き連れ、噴煙を上げる火山の島が浮かぶ湾の岸へと下って行く。

（高千穂嶺の頂近くより見渡した時点から、画面の色彩は現実のものに変わる）

語り手「こうして天津日高日子番能邇邇芸命は、底つ石根《いわね》に宮柱ふとしり、高天の原に氷椽《ひぎ》たかしる御舎《みあらか》を、この地に建てて坐《ま》すことになった」

湾内の海に突き出して、すこぶる見晴らしのいい台地の上に立ち並ぶ高床式の御舎と御倉《みくら》――。

（天孫が降臨した場所として、『古事記』が語る「筑紫の日向の高千穂のくじふる嶺」が、実際にどこをさすのかについては、霧島火山群のなかに聳《そび》え立つ高千穂峰と、そこ

からかなり遠く隔たった臼杵《うすき》の山峡の高千穂との二説に分かれ、古くから激しい論争がかわされて、なかなか結着がつかない。

いかなる難問についても、まことに大胆で、かつ明快きわまりない断定を下す本居宣長でさえ、臼杵と霧島の双方に信ずるに足りる根拠があるのを『古事記伝』に列挙し、いったんどちらとも決めかねるとしたあと、さらに後段において、要約すれば次のように推定する。

——初めに降り着きたまいしは、臼杵の高千穂山にて、それより霧島山に遷《うつ》りましたるものなるべし。

だが、当方は前記の脚色で明らかなように、霧島の高千穂峰とする。

双方を自分の足で踏破してみて、『古事記』の解釈においてはいまなお無類の高峰でほとんど神に近い宣長翁の推定とは反対に、

——まず霧島の高千穂峰に天降り、やがて臼杵の山峡の高千穂に遷ったのに相違ない。

と想定するに到った。

理由は幾つかある——たとえば霧島が明らかに縄文文化の地であるのに対し、臼杵の高千穂は弥生文化の地である——のだが、天孫降臨の後に続く話の舞台が「笠沙の御前」であるところからして、これは霧島以外ではあり得ない。

霧島連山に源を発する流れを下って達する鹿児島湾の沿岸には、いまから一万年近く

前の縄文早期前葉、早くも定住する人びとの社会が存在した。

平成9年5月26日、鹿児島県立埋蔵文化財センターは、「国分市《こくぶし》・上野原遺跡で今から九五〇〇年前の縄文時代の定住化した国内最大規模で最古級の集落遺跡を発掘した」と発表し、この縄文時代早期前葉の遺跡は、平成11年1月14日、日本国内最古最大級〈同年同月同日現在〉の定住集落跡として、国指定史跡に認定された。

すでに平成5〜6年頃から、上野原遺跡に相次いで起こっていたのは、「縄文文化は北に発生し、時代を下るにつれて南へ波及した」というそれまでの学界の常識を逆転させる驚異的な新発見の連続であった。

鹿児島の考古年表は、火山の噴火によって、はっきり年代が区切られる。

約二万二〇〇〇年前の姶良《あいら》カルデラ大噴火、約一万一〇〇〇年前の桜島大噴火、約六三〇〇年前の鬼界《きかい》カルデラ大噴火……。

上野原遺跡の発掘現場では、垂直に掘り下げられて壁面のようになった黒色の土のあいだに、火山灰が堆積《たいせき》してできた薄褐色の厚い層が明瞭《めいりよう》に認められ、たとえば最初に発見されたとき写真で接した専門家が弥生土器と見間違えたほど端正で大きくて見事な壺型土器〈食物を貯蔵する壺型の大型土器の発生はふつう農耕の弥生時代以降〉は、下層の桜島大噴火による薩摩《さつま》火山灰と、上層の鬼界カルデラ大噴火による赤ホヤ火山灰のあいだにパックされた状態で出土したところから、約七五〇〇年前のものと推定された。

おなじ地層から土偶も発見され、それ以外にも用途不明のさまざまな異形《いけい》の石器や土器には、宗教的な雰囲気が濃厚に感じられる。

続続と出土した石器・土器の総数は十万点を越え、約二五〇基の集石機構〈炉〉が、驚くべき広さの面積のなかに点点と散在して、ここには縄文時代の早期、すでに高度の精神文化を持って定住した社会が在ったことが明らかになった。

上野原遺跡は、桜島の噴煙を対岸に望み、いまより気温と海面が高かった縄文海進〈後述〉の時代には、海であったに違いない国分平野に面する広大な台地〈標高約二五〇メートル〉の上にあって、抜群の見晴らしに恵まれた土地だ。

正面の桜島とは、ちょうど正反対の方角の遥《はる》か彼方《かなた》に見えるのが、天を突き刺す円錐《えんすい》のような形の高千穂峰。その姿が、信仰心の篤い古代人の目に、神が天降る依代《よりしろ》にしたという想像と伝承――すなわち神話を育《はぐく》むのにまことにふさわしい山容に映って、崇拝の対象としたであろうことは想像に難くない。

霧島連山の最高峰韓国岳《からくにだけ》〈ただし上野原台地からは高千穂峰のほうが高く見える〉の南麓に発する霧島川が、上野原台地の横を通って鹿児島湾に注ぐ下流は、実際にいまもその名を「天降川《あもりがわ》」と呼ばれている。

したがって、広大な湾の沿岸一帯に住み、漁を生業《なりわい》として暮らす人びとが、敬虔《けいけん》な信仰心に導かれて、舟を天降川に乗り入れ、上流に向かってずっと溯《さかのぼ》って行くなら、そ

の水路は『古事記』が天孫降臨の地と伝える「筑紫の日向の高千穂のくじふる嶺」の真下にまで近づいて行くのである）

木花の佐久夜毘売

噴煙を上げる火山の島を横に見て、（薩摩）半島の岸沿いに、海を数隻の舟に乗って行く番能邇邇芸命の一行。

上陸したところで、舟を担ぎ上げ、陸路を行き、やがて現われた川に、ふたたび舟を浮かべて漕《こ》ぎ進む。

河口から外洋に出て、（野間）半島の突端である「笠沙の御前」（笠沙崎）に到着する。

（ここから外洋船で東シナ海に出て、真西に針路を取って遭難することがなければ、中国大陸の内陸部に通じる長江――揚子江《ようすこう》――の河口に達する。

東シナ海を北に進むと、五島列島や対馬《つしま》を経由して朝鮮半島へ行くことができ、南下すれば、南西諸島の島づたいに奄美大島《あまみおおしま》、沖縄、台湾を経て、東南アジアの各地にもつながる。

つまり笠沙の御前は、黒潮に乗って中国や南方から、そして対馬海峡を通って朝鮮から渡ってやって来る外《と》つ国の人と物、情報と文化に、いちはやく纏《まと》めて接することができる――大八島《おおやしま》の最先端というべき場所なのであった）

岬に上陸して、巷《ちまた》の道を歩いて行くと、向こうから侍女を連れて、はっとするほど美しい姫がやって来る。

目を奪われた番能邇邇芸命、近衛の天津久米命に尋ねさせる。

天津久米命「汝《な》は誰《た》が女《むすめ》じゃ」

姫「大山津見神《おおやまつみのかみ》の女で、名は神阿多都比売《かむあたつひめ》、またの名を木花の佐久夜毘売と申します」

その名前から、このあたりを支配する豪族阿多君の娘と知った邇邇芸命は、こんどはじかに問いかける。

邇邇芸命「汝《な》に兄弟《はらから》はおるか」

阿多都比売「石長比売《いわながひめ》という姉がおります」

邇邇芸命「吾《あれ》は汝《いまし》と婚姻《まぐわい》をせむとおもうが、如何《いか》に」

いかにも単刀直入な言葉に、戸惑って、

阿多都比売「僕《あ》はお答えできません。僕が父の大山津見神がお答えを申し上げるでしょう」

カットが変わって、大山津見神（阿多君）の豪壮な家（掘建て式）のなか、邇邇芸命の求婚に、父親が喜んで承知する様子――。

日が経って、高千穂嶺を背負った天津日高日子番能邇邇芸命《あまつひこひこほのににぎのみこと》の御舎《みあらか》（高床式）のまえに、婚礼の衣裳《いしょう》を着た阿多都比売と、姉の石長比売、それにたくさんの礼物《れいもつ》を輿《こし》にのせて担いだ行列が到着する。父親の大山津見神は、姉妹の二人とも妻として差し上げることにしたのである。

御座所の上座に坐《すわ》った邇邇芸命、対座した二人の姫を見て、愕然《がくぜん》とする。妹が木花の佐久夜毘売というまたの名のように、花のごとく美しいのに対して、姉は石長比売というその名の通り、まるで岩石のごとき面構え――。

顔色を変えて席を立ち、部屋を出て行ったあとを追った天津久米命が、邇邇芸命の意向を聞いて部屋に戻り、相手に告げる。

天津久米命「阿多都比売のみお残りいただき、石長比売はお帰りいただきたいとのことです」

それを聞いて、岩石のような顔を、屈辱と悲しみで歪《ゆが》ませる石長比売。

長女の心中を察して怒りに燃える大山津見神。

その夜、邇邇芸命と阿多都比売は、寝所で結ばれる。

翌日、笠沙に戻った大山津見神の使者がやって来て、主《あるじ》の言葉を邇邇芸命に伝える。

使者「大山津見神はこう仰せられました。我が女《むすめ》を二人並べて奉りし所以《ゆえ》は、石長比売を遣《つか》わさば、天《あま》つ神の御子《みこ》の御命《おいのち》は、いかなる災いがあろうとも、巌《いわお》のごとく固く揺るがずに坐《ま》さむ。また木花の佐久夜毘売を遣わさば、咲く花の栄えるがごとく栄え坐さむと祈誓して差し上げました。然《しか》るに、石長比売を帰らしめ、木花の佐久夜毘売のみを留《とど》め給《たも》うた。故《かれ》、天つ神の御命は、咲く花の盛りのごとく、短きものとなりましょう。また人の心を知らぬ天つ神の御子に、わが女《むすめ》を妻合《めあ》わせることはできないので、木花の佐久夜毘売もただちに連れ戻せとのことでございました」

御舎から、大山津見神の部下が担ぐ輿に乗せられ、笠沙へ帰って行く木花の佐久夜毘売。

新緑だった山の樹樹の紅葉《もみじ》と、夥《おびただ》しく舞い散る落葉が、時の経過を表わして——。

まえに去って行った道を、木花の佐久夜毘売が、輿に乗ってやって来る。

佐久夜毘売の手は、大きくなった腹部にあてられている。

御舎の御座所で、邇邇芸命に向かい、

佐久夜毘売「妾《あ》は身籠《みご》もって、いま産み月となりました。天つ神の御子を、妾ひとりの私事《わたくしごと》として産むわけには参りません。故《かれ》、このようにご報告に参りました」

大山津見神の以前の言葉と態度に腹を立てていた邇邇芸命は、すぐには喜ばず、

邇邇芸命「たった一夜の契《ちぎ》りで妊《はら》んだというのか。それは我が子ではあるまい。きっとだれか国つ神の子であろう」

と、はなはだ天津日嗣の御子らしからぬことをいう。

これに怒りを発し、

佐久夜毘売「妾が妊みし子が、もし国つ神の子であれば、産むこと決して幸《さき》くあらじ。

もし天つ神の御子ならば、きっと真幸《まさき》くあらむ」

と、かつて須佐之男命が天照大御神に発したのとおなじような祈誓《うけい》の言葉を、敢然といい放つ。

海辺に、掘建て式の産殿《うぶや》を建てる大山津見神の部下たち。

大きなおなかを抱えて、そのなかに入る佐久夜毘売。

産殿の入口が、土で塗り固められる。

日が沈んで、あたりが暗くなり、夜の闇につつまれる。

産殿の内より発せられた佐久夜毘売の合図の声に従って、部下が木造りの建物に火を放つ。

闇のなかに猛然と炎上する産殿。

その火焔《かえん》を通して、赤児の産声が聞こえてくる。

夜が明けて、焼け跡の薄い煙のなかから、布に包んだ赤児を抱えて、佐久夜毘売が現われる。

いとしいわが子を見つめる会心の面持。

佐久夜毘売の心中のおもいを告げる勝鬨《かちどき》のような赤児の泣き声が、火山の島を浮かべた朝の海に響き渡る。

その眺めにかぶせて――。

語り手「このとき、燃え盛る火のなかで生める子の名は、火照命。次に生める子の名は火須勢理命。その次に生める子の御名《みな》は、火遠理命、またの名を天津日高日子穂穂手見《あまつひこひこほほでみの》命《みこと》。この三柱《みはしら》であった」

（婚姻の席で、天孫邇邇芸命に断られた石長比売の屈辱感、おなかの子の父親を疑われた佐久夜毘売の怒り……と、ここでも一連の場面が、女性の視線で語られているのは明らかであろう。

邇邇芸命の皇胤《こういん》を宿して佐久夜毘売が産んだ子の名のうち、「火照」は、産殿に放った火が「燃え盛る」さま、「火須勢理」は「燃え進む」さま、「火遠理」は「衰えた」さまを意味し、いずれも産殿の火勢がそのような状態のさいに産まれたことを示す名前で、降臨した天孫と国津神の娘が結ばれた場所が、火山地帯であったことは疑いないとおもわれる。

そして、ここから先に描かれるのは、末弟である火遠理命の成長譚《せいちょうたん》で、出雲で異母兄弟のうち最年少であった大穴持神《おおなもちのかみ》は「黄泉国《よみのくに》」を経て大国主神《おおくにぬしのかみ》になったが、火山の島が浮かぶ湾岸で生まれ育った火遠理命は、深い海の底にある「海神《わたのかみ》の宮」を訪ねることによって、天津日高日子穂穂手見命となるのである）

海幸彦と山幸彦

海幸彦となって、湾内の海に舟を浮かべ、魚を釣っているのは、長男の火照命。山幸彦となって、森に入り、弓矢で獣《けもの》を狩るのは、三男の火遠理命。

海幸彦とは漁師、山幸彦とは猟師をさす言葉で、海幸・山幸とはまた、釣針と弓矢、すなわち生業を営むのに欠かすことのできない道具をも意味する。

それぞれの生業に従事するうち、ある日、相手の仕事が羨ましくなったのか、

火遠理命「おたがいの幸《さち》（道具）を取り替えてみよう」

と頼むが、兄は、

火照命「いやだ」

素気なく一蹴《いっしゅう》して肯《がえ》んじない。

弟がせがみ、兄が断る様子が繰り返されたすえ、とうとう兄が弟の弓矢を受け取って、代わりに釣針を渡す。

弟は大喜びで舟を出し、漁を始めるが、魚は一匹も釣れず、あげくのはてに釣針まで取られてしまう。

悄然《しょうぜん》としている弟のもとへ、やはり一匹も獲物がなかった兄がやって来て、

火照命「山幸も、己《おの》がさちさち、海幸も、己がさちさち、おたがいの幸を返して、もう取り替えるのはやめにしよう」

と弓矢を返し、釣針を返せ、と掌《てのひら》を出す。
しばらく躊躇《ためら》ったのち、
火遠理命「じつは、針を海でなくしてしまった」
と告白すると、
火照命「なくした？　吾の大事な幸を、なくしたで済むか。どうしても返せ」
そういい張って聞かない。
困りはてた弟は、鍛冶《かぬち》のもとへ行き、自分の十拳剣《とつかつるぎ》を材料に造ってもらった何百本もの釣針を、兄に差し出すが、
火照命「こんな贋物《にせもの》ではだめだ。あれはとてもよく釣れる針だったのだ。本物を返せ」
と頑強に返還を求めるばかりである。
火遠理命はもうどうしていいか解《わか》らず、浜辺に蹲《うずくま》って泣いていたところへ、塩椎神《しおつちのかみ》がやって来る。
（この塩椎神について、本居宣長翁は、ただ一柱の神にあらず、すべてものをよく知る人をさす呼称であるといい、『日本書紀』は「塩土老翁《おじ》」と表記する。海の彼方からやって来て、先進の外《と》つ国の知識によく通じた人のことであったかもしれない）
まえから火遠理命をよく知っていた老翁は、
塩椎神「虚空津日高《そらつひこ》（日の御子《みこ》の尊称）は、何をそんなに歎《なげ》き悲しんでおるのじゃ」

と訊《たず》ね、

火遠理命「吾は兄と幸を取り替え、その針を海でなくしてしまった。代わりに多くの針を造って償おうとしたが、本物を返せといって承知しない。それでどうしていいか解らず、こうして泣いているのじゃ」

その答えを聞いて、老翁はしばらく思案し、解決策を考えついた表情になる。

浜辺で、老翁が細く割った竹を、びっしり隙のないように編んで、小さな舟を造っていくさまを、横にしゃがみこんで熱心に見ている火遠理命。

完成した舟を、海に浮かべ、火遠理命を乗りこませて教える。

塩椎神「吾がこの舟を押し流すゆえ、しばしのあいだそのまま行けば、やがてよき潮路に乗るであろう。その流れにまかせてどこまでも進むうち、やがて魚の鱗《うろこ》のように葺《ふ》かれた屋根の宮が、海の底に現われる。それが綿津見神《わたつみのかみ》の宮じゃ。その御門《みかど》に参り、まえの泉のそばに立つ貴き桂《かつら》の木の上に坐《ま》してあれば、海神の女《むすめ》が出て来て汝を見出《みいだ》すであろう。そこで言葉をかわすがよい」

いわれた通りにすると、竹で編んだ舟はいつしか次第に水中に沈み、海の底へ底へと進んで、海神の宮に近づいて行く……。

海神の女豊玉毘売に仕える侍女が、水を汲《く》みに宮から出て来て、見ると泉の水面《みなも》に、明るい光に縁取られた男子《おのこ》の影。振り仰げば、桂の木の上に、火遠理命が坐している。

驚く侍女に、
火遠理命「吾にも水をくれぬか」
と声をかけ、水を汲んで差し出された器を、手には取ったが飲みはせず、逆に首飾りの白い珠を緒から外して口にふくみ、唾《つば》とともに吐き入れて、侍女に戻す。侍女は、珠を取ろうとしたが、器の底にくっついて離れない。
仕方なくそのまま水を汲み直して、豊玉毘売に奉る。
器の水の底に、白い珠が輝いているのに、
豊玉毘売「もしやだれか、門の外にいるのでは……」
不審におもって訊ねると、
侍女「はい。泉のそばの桂の木の上に、まことに麗《うるわ》しい男子がおります。我が王《きみ》（綿津見神）にもまして貴きお方です」
と答えたので、外に出て、火遠理命と目が合った瞬間に、霊感に打たれて宮に入り、
豊玉毘売「我が門《かど》にいと麗しき人あり」
そう父に告げる。
そこで自分も外に出て見た父親は、
綿津見神「これは天津日高《あまつひこ》、虚空津日高ぞ」
と大喜びで、さっそく豊玉毘売を婚《まぐわ》わせる準備に取りかかる。

海驢《あしか》の皮の敷物や、絹の敷物を幾重にも重ねて、火遠理命と並んで坐る豊玉毘売の席を設《しつら》え、机上にたくさんの馳走《ちそう》を並べて、盛大に行なわれる婚礼の宴《うたげ》――。

語り手「火遠理命はこの上なく手厚いもてなしを受けて、豊玉毘売と仲睦《なかむつ》まじく過ごすうち、いつか三年の月日が流れた」

斜め下からの半身像でとらえられた火遠理命、灯台の明かりを憂い顔に受けて、大きな溜息《ためいき》をつく。

翌朝、豊玉毘売が父の綿津見神と対座している。

豊玉毘売「三年のあいだ、いちども歎いたことがなかったのに、昨夜とても大きな溜息をつかれました。いったいどういう訳があるのでしょう」

カットが変わって、綿津見神と対座した火遠理命、心配事のわけを訊ねられて、縷縷《るる》と語る様子。

召集された大小さまざまな魚が、綿津見宮に吸いこまれて行く。

宮殿の大広間に集められた多種多様な魚の群れに、
綿津見神「……かようなわけで、虚空津日高は、取られた釣鉤《つりばり》を探しに参られたのだ。だれぞ心当りのある者はいないか」

がやがやと語り合っていた魚の群れから、一匹が泳いで近づいて来て、「魚の骨が喉《のど》に刺さったといって、物を食べることができずにいる鯛《たい》がおります。きっとあの鯛が取ったのに違いありません」と告げる。

綿津見神「その鯛を呼べ」

　呼ばれて来た鯛の喉に、果たせるかな突き刺さっていた釣鉤を取り出して、周りの海水で濯《ゆす》ぎ、火遠理命に奉っていうには、

綿津見神「これを兄に返すときは、『この鉤《はり》は、おぼ鉤《ち》、すす鉤《じ》、貧鉤《まじち》、うる鉤《じ》（この鉤は、心のふさぐ鉤、気の荒れ狂う鉤、貧乏になる鉤、ばかな鉤）』と唱えて、後ろ手に投げ与えなされ。また兄が山の棚田で、水の少なき高田《あげた》を耕したら、汝命《いましみこと》は水の多い下田《くぼた》を、兄が下田を作らば、汝命は高田を作りなされ。そうすれば、吾は水を掌《つかさど》る力を持つゆえ、三年後にはきっと、兄は貧しくなりましょう。

　それを怨《うら》んで攻めて来るときは、塩盈珠《しおみつたま》を出して溺《おぼ》れさせ、敗れて命乞《いのちご》いをするときは、塩乾珠《しおふるたま》を出して助けて、おもうように兄を悩まし苦しめ給《たま》え」

　そういって、潮の満ち引きを自在に操れる塩盈珠と塩乾珠の二つを授ける。

　たくさんの鮫《わに》が、綿津見宮に吸いこまれて行く。

　大広間で、召集された鮫に向かい、

綿津見神「天津日高の御子、虚空津日高がいま、上《うわ》つ国に出発しようとしている。汝らは、それぞれ幾日で送り届けられるか」

　と問うと、大勢が口口に日にちをいうなかで、体長一尋《ひとひろ》の鮫が申告する。

一尋鮫「僕《あ》なら一日で送り届けることができます」

綿津見神「よし。然らば汝《なれ》が送り奉れ。ただし、海中を行く途中で、御子に怖いおもいをさせてはならぬぞ」

火遠理命を頸《くび》に摑《つか》まらせ、海底から猛烈な速度で上昇して行く一尋鮫。

地上に帰って、兄に対し、
火遠理命「この鉤は、おぼ鉤、すす鉤、貧鉤、うる鉤」

と呪文を唱え、後ろ向きになって鉤を投げ捨てる。

棚田の高田を耕す兄、下田を耕す弟。

日照りが続いて、干上がった高田の稲は枯れてしまうが、まだ水が失われていない下田の稲は青青としている。

下田を耕す兄、高田を耕す弟。

豪雨で高田から溢《あふ》れ出した水で、下田はすっかり水浸しになってしまう。

反目と対立を続けていた海幸彦と山幸彦の集団の決戦が、ついに海辺で行なわれる。

火遠理命は、戦いの山場で塩盈珠を出し、満潮にして海幸彦たちを溺れさせ、必死のさまざまな動きで助けを求める有様を見て、塩乾珠で潮を引かせる。

火照命は砂浜に手をつき、火遠理命のまえに頭《こうべ》を垂れて、
火照命「僕《あ》は今よりのち、汝命《いましみこと》の昼夜《ひるよる》の守護人《まもりびと》となって仕え奉らん」

と誓う。

そのあと、さきほどの海幸彦たちの溺れ苦しむさまが、もういちどスローモーションで再現される画面にかぶせて、

語り手「その溺れし種種《くさぐさ》の態《わざ》を舞にしたのが、いまに伝わる隼人舞《はやとまい》の始まりである」

つまり、隼人族（大隅《おおすみ》・薩摩の先住民）が高天の原に帰服して行くさまを物語った舞踊劇が、やがて大嘗祭《だいじょうさい》など朝廷の儀礼に、隼人族自身によって演じられるようになったのだ。

隼人舞の舞楽の場面——。

舞う隼人の表情のアップが、ストップモーションになって静止する。

豊玉毘売の出産

高千穂嶺を背負う御舎《みあらか》へ、海神《わたのかみ》の宮から豊玉毘売がやって来て、火遠理命に言上《ごんじょう》する。

豊玉毘売「妾《あ》は身籠もって、いま産み月になりました。天つ神の子を、海原《うなばら》で産むことはできないので、こうして上つ国に参りました」

火遠理命の部下によって、海辺の渚《なぎさ》に、屋根を鵜《う》の羽根で葺《ふ》く産殿《うぶや》が建てられる。

（鵜は呑《の》んだ魚を容易にはき出すので、その羽根には安産の呪《まじな》いの意味がある）

屋根をまだ葺き終わらぬうちに、陣痛が烈《はげ》しくなって、産殿に入らなければならなくなった豊玉毘売は、そのまえにこう火遠理命に告げる。

豊玉毘売「他《あだ》し国の者は、産む時になれば、本《もと》つ国の姿になって産むものです。それゆえ、妾《あれ》も本《もと》の身になって産みますが、決して妾《あ》を見ないで下さい」

そういわれれば、かえって見たくなるもので、火遠理命がこっそり覗《のぞ》くと、産殿のなかで、大きな八尋鮫《やひろわに》がのたうち回っている。

火遠理命は、恐ろしさで逃げ出し、見られたのを恥じた妻は、生まれた子をあとにのこし、
豊玉毘売「妾はこれまで、海の道を通って、ここへ往来《かよ》うつもりでいました。なれど、汝《いまし》に吾が本の姿を見られたいまとなっては、恥ずかしくてもう参ることができません」

そういって、地上と海上を結ぶ海坂《うなさか》を塞ぎ、海底の国へ帰ってしまう。

語り手「生まれた子は天津日高日子波限建鵜葺草葺不合命《あまつひこひこなぎさたけうがやふきあえずのみこと》と名づけられた」

海底の国へ戻ったものの、夫とわが子恋しさの情に堪えられず、御子の養育掛りとして地上へ送ることにした妹の玉依毘売に、豊玉毘売は次の歌を託す。

赤玉は　緒《お》さへ光れど　白玉の
君が装《よそ》ひし　貴くありけり

（赤玉の美しさは　それをつなぐ緒まで　光らせるほどですが　白玉で装った君の姿は　それにもまして気高く偲《しの》ばれます）

これに答えた火遠理命の返歌——。

沖つ鳥　鴨著《かもど》く島に　我が率寝《いね》し
妹《いも》は忘れじ　世の尽尽《ことごと》に

（沖のかなたの鴨が集う島で　我が添い寝した　いとしき人のことは　この世の続くかぎり　決して忘れはしない）

寄せては返す波の動きにかぶせて、

語り手「火遠理命は、天津日高日子穂穂手見命と呼ばれるようになって、高千穂の宮に五百《いほち》八十《まりや》歳《そとせ》までおいでになられた。

その御子天津日高日子波限建鵜葺草葺不合命が、叔母の玉依毘売を娶って、生まれた子のなかの一人が、神倭磐余彦命、のちに神武天皇と呼ばれる日嗣の御子である」

視点が上昇し、視野が広がるにつれて、どのように時代が変わっても、この世の続くかぎり、それだけは変わらぬ動きを無限に繰り返す大海原の眺め――。

インターミッション

——日子穂穂手見命《ひこほほでみのみこと》は、高千穂《たかちほ》の宮に五百八十歳《いほちまりやそとせ》坐《ま》しき。

というのは、いかにも神話的な表現である。じっさいにはその間、どのような時間が流れていたのだろうか……。

ここで〈インターミッション〉として、脚色者がこの映画の構想を抱《いだ》いて以来、長年にわたって多くの本を読み、九州南端の薩摩《さつま》・大隅《おおすみ》、および日向《ひゅうが》の臼杵《うすき》、それ以前にはフィリピン・ルソン島北部山岳地帯の秘境マヨヤオにまで、いわばシナリオ・ハンティングの旅を続けるうち、少しずつ脳裡《のうり》に醸成された物語に、しばらく耳をお貸し願いたい。

人類学者金関丈夫《かなせきたけお》によれば、

——日本古代の海部《あま》は、東シナ海沿岸一帯の、海神をトーテムとする文身族《ぶんしんぞく》と、その習俗、信仰をともにしていた。議論は後日に譲るが、おそらく日本に弥生文化を運んだのは、彼らの祖先であり、その渡来の初頭には、漁をしながら、河口に近い湿地帯に稲をつくっていた。

——北九州の宗像《むなかた》は、もとは胷形と書かれた。胸に鱗型《うろこがた》の入墨をしていた海部の子孫、これが北九州のムナカタ氏である。古代の北九州の水人が入墨をしていたこと、海に沈没して魚蛤《ぎょこう》を捕ったことも、『魏志《ぎし》』の倭人伝《わじんでん》にはっきり出ている。

それは『魏志倭人伝』の次の部分である。

——男子は大小と無く、皆黥面文身《げいめんぶんしん》す。（中略）倭の水人、好んで沈没して魚蛤を捕え、文身し亦以《またもっ》て大魚・水禽《すいきん》を厭《はら》う。（このなかの「大小と無く」は、成人も子供も、ではなく、身分の上下に関係なく、の意味であるというのが、松本清張の解釈）

三世紀中頃の見聞に基づく『魏志倭人伝』より、ずっと後の七世紀半ばに書かれた『隋書倭国伝《ずいしょわこくでん》』は、次のようにいう。

——男女多く臂《うで》に黥《げい》し、面に黠し身に文し、水に没して魚を捕う。文字無し。唯々木を刻み縄を結ぶのみ。仏法を敬す。百済《くだら》において仏経を求得し、始めて文字あり。卜筮《ぼくぜい》を知り、尤《もっと》も巫覡《ふげき》を信ず。

倭人は「黥面文身」し、「仏法」と「巫覡」を信ずることが、とくに目立つ特徴として書かれている。

黥面文身は北九州の海人族《あまぞく》の習俗で、わが国へ仏教が公式にもたらされたのは、六世紀半ばだからそれ以前はもっぱら巫覡が信じられていたのであろう。（巫は女性、覡は

男性をさす）

『魏志倭人伝』と『隋書倭国伝』が伝えるのは、弥生時代以降の姿だが、それより遥《はる》か以前の縄文時代早期、前述のように、南九州にはすでに高度の精神文化をそなえて定住する社会が存在した。

上野原遺跡を訪ねたさい、国分市（現・霧島市）の海沿いの道で、「大穴持宮《おおなもち》」という小さな社を見かけた。大穴持とはすなわち大国主神《おおくにぬしのかみ》である。そのとき頭に浮かんだ国文学者益田勝実《ますだかつみ》の名著『火山列島の思想』の一節を、家に帰って読み直した。

『続日本紀《しょくにほんぎ》』によれば、八世紀半ばに鹿児島の島が震動して、火山灰により民家が埋没し、住民の流亡が続いたので、朝廷は神の怒りを鎮めようとしたのだろう、「大隅の国の海中に神ありて、島を造る。その名を大穴持の神と曰ふ。ここに至りて官社となす」とある。

その事実に基づいて、益田氏はいう。

神が造った島というのは、今の国分市の沖合いの三つの小島である。現在、社の方は対岸へ移っているが、重要なことは、この海底噴火の神がオオナモチと呼ばれたことだろう。大きな穴を持つ神、それは噴火口を擁する火山そのものの姿の神格化以外ではない。（中略）

これが、わたしたちの祖先のいうオオナモチの神なのだ。オオナモチは出雲の国の、あの大国主とも呼ばれる神だけではなく、文字どおりの大穴持の神として、この火山列島の各処に、時を異にして出現するであろう神々の共有名なのである。

だとすれば当然、約二万二千年前の始良《あいら》カルデラ大噴火以来、数次の大噴火によって形成された鹿児島湾の沿岸に住み、日日の暮しに海の幸の恵みを受けつつ、いつまた火山の猛威に襲われるかもしれない微《かす》かな不安を抱いて生きる人びとにとって、恐るべき力を秘めて海と地の底に潜む大穴持は、むろん最古で最大の神であったろう。

火山の神格化である大穴持神↓大国主神のほうが、稲作の神であることが明らかな天《あま》照大御神《てらすおおみかみ》より、比較にならないほど古い神であるのはいうまでもあるまい。

*

九州南端に一万年にわたって続いた縄文文化は、稲作の渡来によって、過去の遺物とされて行く。

稲作は、北九州とほぼ同時期に南九州にも伝わったが、火山活動によって造られた鹿児島湾を囲む土地は、シラス（火山灰）台地だから、稲作には適さない。

稲作に適した北九州は、急速に力を貯えて発展し、それに脅威と圧迫を感じたシラス台地の住民の一部は、中国南部から渡来した人びとの知識に学び、稲作に適する土地を探し求めて、舟で大隅半島の先端を回り、日向灘《ひゅうがなだ》の沿岸ぞいに北上して、五ヶ瀬川《ごかせがわ》の河口から流れを遡行《そこう》し、日向の山峡《やまかい》の里に到達して、そこを新たな本拠とした……。

当方はそう想定するのだが、かつて記紀研究の大家津田左右吉《そうきち》は、神話と史実は峻《しゅん》別《べつ》しなければならないとして、天孫の日向降臨説を徹底的に批判した。

その理由は――。

(一)後世まで逆賊クマソの地と見られ、ヤマト朝廷の国家に入っていなかった日向大隅薩摩の地方、交通の不便な未開地で物資の供給が乏しく、文化の発達もひどく後れていた僻陬《へきすう》の痩せた荒蕪《こうぶ》の土地が、どうして皇室の発祥地であり得たか。

(二)記の作者が、皇祖を日の神としたため、日に向かうという意義に解し得られるヒムカという土地の名が、日の神の子孫として皇室が初めて都を置く土地としては、もっとも適当だったからである。

天皇を日の神の御子《みこ》とすれば、その故郷は、天にあってはタカマノハラ、地にあっては日に向かう国、すなわちヒムカでなければならなかった。

(三)神武天皇東遷の物語は、そのヒムカとヤマトを結びつけるために作られた説話であって、歴史的事実ではない。

(四)ヤマトの朝廷は、初めからヤマトに存在した。

（五）日の神の皇都であるタカマノハラの地名には、ヤマトの皇都付近の地名が、そっくり適用されている。

すなわちタカマノハラは、地上の皇都を天上に移したのである……。

浅学菲才《せんがくひさい》の身をも顧みず、後述するように命懸けで独自の『古事記』解釈を世に問うた津田左右吉博士の説に、敢《あ》えて異を立てるのは、博士が知り得なかった縄文時代についての新たな知識が、「三内丸山《さんないまるやま》」の大発見以来われわれには加わったからである。

まず（一）の、未開で僻陬の荒蕪の地、というのは、稲作が始まって弥生時代になってからの話で、漁撈《ぎょろう》と狩猟採集の縄文時代、鹿児島湾の沿岸一帯から霧島山にかけては、温暖な気候と多くの海の幸山の幸に恵まれて、大八島《おおやしま》でもいちばん豊かな土地であったのではないかとおもわれる。

未開どころか、鹿児島湾沿岸にわが国で最も早く高度の文化が開けていた事実については、すでに繰り返し述べた。

津田博士はまた、日向は、海にも山にも交通の不便な位置にあり、そのうえ豊饒《ほうじょう》な平野もなく、上代において大きな勢力を持っていたものの根拠地としては、なにひとつその資格がない、と断じられた。近世の地形においては確かにそうである。

だが、縄文時代中期までの気温は、いまより何度か高く、「縄文海進」の命名者である戦後の考古学者江坂輝彌《えさかてるや》が、最大海進期とした約六千年前の縄文前期には、海面も現在より数メートル上で、たとえば関東平野はずっと奥のほうまで海水に覆われていた事実が判明した。

同様に、現在の地図に薄い緑色で描かれている宮崎県の平野部も、ある時期までかなりの部分が海であったとすれば、いまはほぼ直線的に延延と続く海岸線に、複雑な屈曲が生じて、舟の停泊に適する港湾の姿が幾つも浮かび上がってくる。

そして、陸路より水路の交通が主であったころの古代人は、後代の人間より遥かに積極的に、舟で航行したと考えられる。

鹿児島湾沿岸のシラス台地から、稲作に適する土地を探し求めて、大隅半島の先端を回り、日南海岸を経て、日向灘の沿岸ぞいに北上して行ったとすれば、舟はやがて、北川、祝子川《ほうりがわ》、五ヶ瀬川などが海に注ぐ河口部の延岡《のべおか》に到り、そのうち最も大きな五ヶ瀬川に乗り入れて、流れをずっと溯《さかのぼ》って行けば、その行く手にもうひとつの「天孫降臨」の伝説の地、高千穂峡が現われるのである。

そこを訪ねてみると、山間の土地の田圃《たんぼ》は、ほとんどが傾斜地に作られた小さな棚田ばかり――。

津田博士は、豊饒な平野がないことを、日向に太古の皇都があった筈《はず》のない理由の一つに挙げられたけれど、しかし、こうした地形が、原初的な稲作においては、意外に大きな生産力を持つのを、当方はある経験で知っている。

*

棚田が層をなして幾重にも重なる山峡の高千穂を、高所から俯瞰《ふかん》したとき、すぐにおもい出したのは、ルソン島北部山岳地帯の奥深い谷間《たにあい》にあるマヨヤオの景色であった。兄が戦死した場所のマヨヤオを、当方は三度訪ねたが、最初に行った昭和五十七年には、まだ電気が通じていなかった。

山また山の山岳地帯へ入るまえ、麓《ふもと》の町でチャーターした運転手つきのジープニーに乗って、途中何度も肝を冷やすような断崖絶壁《だんがいぜっぺき》の上を曲がりくねって蛇行する細い道を進み、何時間も費やして、ようやく秘境といっていいであろうマヨヤオの全景を見渡せる高所に達したとき、案内役をしてくれた大阪出身のN氏は、

「昔の邪馬台国《やまたいこく》というのは、こういうところやったんやないかという気がするんですわ」

と嘆息する口調でいった。

谷間のゆるやかな傾斜地を、ちょうど地図の等高線状に、折り重なる細い帯のような棚田（ライステラス）が埋め尽くしていて、ところどころに、屋根の形が茅葺《かやぶ》きに似たニッパ（椰子《やし》）葺《ぶ》きで高床式の小さな家が、点点と散在している。

あとで夕暮れ時に俯瞰して、薄暗い谷間のあちこちから、細い炊《かし》ぎの白い煙が、夕闇

のなかに立ち昇っている景色を見たときは、わが国の弥生時代も、本当にこんな風だったのではないか……という気がした。

耕して天にいたる、という言葉があるが、まさにそうだ。

谷の底から、棚田を一層ずつ石組みの壁で支えて、稜線《りようせん》が高度千数百メートルにもおよぶ山肌のかなり上まで、段段に積み重ねて行く。

それほどの大工事を、住民のイフガオ族は、気が遠くなるほどの昔から、金属製の農具ではなく、ただ一本の木鋤《きすき》だけを振るって、営営と成し遂げてきたのだ。

より高い山から導かれてきた水は、棚田の最上階から、階段状に何十も重なるテラスの間に造られた微妙な傾斜と溝を辿《たど》って下り、途中の無数の田圃をことごとく潤して、谷底へ流れて行く。

平野部の大規模な水田に、灌漑《かんがい》の水路を通そうとすれば、大量の組織的な労働力が必要となるだろう。

ところが、自然条件を最大限に生かしたイフガオ族の棚田は、個人的な労働の日常的な積み重ねによって、谷間の傾斜地にかなりの人口が生活するのを可能にした。

昭和十七年刊の『比律賓民族誌』（三吉朋十《みよしともかず》著）によれば、マヨヤオの谷間に住む人の数は、実に一万七千人に上る。

人びとの顔つきは、日本人とさして変わらない。古来の服装を守る年寄りは、美しい織物で作られた褌《ふんどし》の前に、わが国の大相撲《おおずもう》の力士の「下がり」とおなじ形の飾り紐《ひも》を垂らしている。

特筆したいのは、まことに綺麗好きなことで、わが国の弥生時代をおもわせる高床式の家に入ると、床板も壁板も、ぴかぴかに光るくらい拭き清められ、磨きこまれている。

原始的ではあるが、野蛮ではない。

稲作のほか、イフガオ族は、機織《はたおり》を得意とする。自然と霊魂を崇拝し、ユーカリの巨木を精霊の宿り木として崇《あが》める。

かれらにとっての宝物は、古代から伝わる土器の壺と、首飾りの玉で、友好的な関係が保たれている部族の間では、市が立って物物交換が行なわれ、ときには仲立ちが入って、各部族の宝物である土器や首飾り、織物などの交換取引を斡旋《あっせん》する。

富の度合は、所有する古代壺と首飾りの玉の数、籾倉《もみぐら》の大きさによって計られる。イフガオ族において最高の美徳とされる勤勉さを長く持続して、棚田を幾重にも築き上げ、資産を作った者の名誉の象徴は、家の敷地内に建つ籾倉で、高床式の構造は、野鼠《のねずみ》の襲来から籾を守るためだ。

棚式水田は、起源の中国南部から、ルソン島北部に伝わり、山中を流れる川を溯って、山奥のマヨヤオにまで達したものと考えられる。

イフガオ族には、世襲の巫女《みこ》がいて、延延と続く先祖代代の系図を朗誦《ろうしょう》し、呪術を行なう。

かれらは次のような神話を信じていた。

あるとき世界が水没し、高い山の頂にいて、二人だけ生き残ったウィガンとビガンの姉弟が、結婚してたくさんの子供を作り、今日の世界を生み出した。その直系の子孫であるイフガオ族からすれば、他の種族はすべて自分たちの支流なのである……と。

ここも戦場となった大東亜戦争中のわが国で、大戦を正当化するスローガンとして唱えられた「八紘一宇《はっこういちう》」（世界は一つの家で、他の国国は本家本元である日本に服《まつろ》うべきであるという考え）の、いかにも自国本位で他国の人には全く通じる筈のない優越意識をおもい出させるような話だ。

＊

話は一転するが、米国及び英国に対する宣戦布告によって、大東亜戦争が始まる直前の昭和十六年十一月一日、津田左右吉博士と岩波茂雄氏を被告とする出版法違反事件の第一回公判が、東京地裁の第四号法廷で開廷された。

津田博士が書いて、岩波書店が出版した『神代史の研究』『古事記及日本書紀の研究』ほか二冊が、「皇室の尊厳を冒瀆《ぼうとく》する文書」の容疑で起訴されたのである。

中西要一裁判長は、被告人津田左右吉と岩波茂雄の人定《じんてい》質問を終えたのち、こう告げた。

「本件の審理は安寧秩序を害する虞《おそ》れありと認めまして、公開を停止いたします。傍聴の方は退場」

したがってこの裁判は、国民のだれも知り得ないところで、完全な秘密裡に進められることになった。

このとき二人の被告人が置かれた立場が、どれほど恐ろしいものであったか、当時を知る人に説明は無用であろうし、知らない人にはいくら説明しても実感はしてもらえないだろう。

だが、津田博士は怯《ひる》むことも臆《おく》することもなく、二十一回にわたった公判のあいだ、あたかも教授が教室で学生に講義するような落ち着いた調子で、諄 諄《じゅんじゅん》と自説の陳述を続けた。

その核心の部分を要約すれば――。

神代史は歴史的事件の記録ではない。天上に国土があるはずがなく、天から人が降りて来るはずもないから、これは説話である。説話として初めて、記事に籠められた精神が生きてくるのに、歴史的事件の記録とすれば、古事記の精神を壊してしまうことになる。

たとえば、天孫民族が海外から渡来して、出雲民族を征服したというような、歴史的事実が神代史に現われているとすれば、日本は征服国家ということになるが、真実はそうではない。

従来の学者が殺した古典を、私は生かしたのであり、尊厳なる国体、わが皇室の御地位が、真実を明らかにすることによって、ますます強固になる、とそう考えたのである……。

公判に入るまえ、予審において重大な問題点とされたなかには、畏《かしこ》くも現人神《あらひとがみ》に在《おわ》す天皇の御地位を「巫祝《ふしゆく》に由来せるもの」のごとき講説を立てたということがあった。津田の著書には、皇室の宗教的立場を説明するのに、「巫祝」という言葉が使われていた。

この点について、津田は上申書で、祭祀《さいし》呪術《じゆじゆつ》と政治が分離するまえ、巫祝と君主が並び立つまえの巫祝は、全部族もしくは全民族の精神的指導者であり、首長であったと述べ、法廷では次のように主張した。

「巫祝の徒」と申したのは、日本だけでなく、世界的な原始宗教の学術用語として使ったので、英語では「マジシャン」といい、呪術師とも訳されているが、巫祝という古典的な語感のある言葉のほうがよいと考えて、それを用いた。わが国の天皇をもそう申して差し支えないとおもうのは、決して悪い意味ではなく、またそれよりよい術語が、ほかにないからであります……。

なかに十二月八日の大東亜戦争開戦という大事件を挟み、年の暮れに近づいた二十三日の法廷で、検事の論告が行なわれた。

五点にしぼって紹介すると――。

（一）被告人津田は、記紀の史料となった帝紀には、仲哀《ちゅうあい》天皇以前の部分に信用すべき記録がなく、したがってそこまでの記事は、編者が皇室の起源および由来を説明するため、歴史的事実らしく編述した物語であるとする。仲哀天皇以前の御歴代天皇の御存在を、積極的に否定する記述をしたとはいわないが、ほかに積極的に御存在を肯定する記述がないかぎり、御存在を否定し奉ったものと解せざるを得ない。

（二）記紀の編者は、神代史の中心思想を、皇祖が太陽そのものの日神《ひのかみ》であるとする点においたため、高天原《たかまのはら》という日本民族が本来具有しない天の観念をもって作られた空想国土を設ける必要を生じ、そこから皇孫ニニギノミコトの地上降臨の説話と、オオナムチノミコトの国土奉献の物語が作り出され、それでは皇祖が最初からこの国の統治者ではなかったことになる矛盾を取りのぞくために、オオナムチノミコトの父である素戔嗚尊《すさのおのみこと》が、天照大神の弟君である、という物語を述作挿入するのやむなきにいたった……と、被告人は論ずる。

国体の淵源《えんげん》であり、国家存立の基礎である肇国《ちょうこく》と建国の御事《おんこと》を、歴史的事実にあらず、皇室の統治権を確立し、御権威を説明せんがため述作された物語であるというがごときは、皇室の尊厳を冒し奉ることこれより甚だしきはない。
（三）畏くも皇祖天照大神を、神代史作者が観念上に作為し奉った神としたこと。
（四）皇祖天照大神が皇孫ニニギノミコトに下し給《たも》うた神勅をはじめ、皇極《こうぎょく》天皇以前の詔勅は、ことごとく後人の述作であるとしたこと。
（五）天皇の神性は、皇祖の神裔《しんえい》に在《まし》ますところにあらせられるのに、それが巫祝に由来するがごとき講説を敢えてなしたこと。
以上の記述が、皇位の神聖を害し、皇室の尊厳を冒瀆するものであることは、明らかであるとして、検事は、
被告人津田に対し、各著書につきそれぞれ　禁錮《きんこ》二月（合計八月）
被告人岩波に対し、各著書につきそれぞれ　禁錮一月（合計四月）
を求刑した。
第一審の判決が下ったのは、翌昭和十七年五月二十一日で、厖大《ぼうだい》な判決主文の結論だけいえば、前記の検事論告中の（一）の部分だけが有罪とされ、津田は禁錮三月、岩波は禁錮二月、ともに執行猶予二年の刑をいい渡された。
（一）に関しては、仲哀天皇以前の御歴代の御存在について、歴史的事実がほとんどまったく伝えられていない、との記述が、御歴代の御存在に疑惑を抱かしめる虞《おそ》れがあるのは明らかで、それがやがて「神武天皇ヨリコノカタ皇統連綿トシテ、今上《きんじょう》天皇ニ至

ラセ給フ我皇室ノ尊厳ヲ冒瀆スルノ記述タルコト素《モト》ヨリ論ヲ俟《マ》タズ」というのである。（二）から（五）にかけては無罪としたなかで、「巫祝」に関する部分だけを紹介すれば、遠い祭政一致時代において、君主の有した宗教的立場が、天皇の神性の由来をなしたことを語るための言葉で、被告人はまったく学術的意義に用いたのであるから、いささか用語の選択において慎重を欠いた嫌いがなきにしもあらずとはいえ、これをもって皇室の尊厳を冒瀆し奉ったと解する必要はない……と述べた。

法廷の外では、未曾有《みぞう》の大戦争が勃発《ぼっぱつ》して、「八紘一宇」の熱狂的な合唱が巻き起こり、天皇を「現人神」とする「神国日本」の観念が、国中を席捲《せっけん》していた時代背景を考え合わせるなら、これはわが国の良心的な法曹の理性と知性の健在を証明する判決といってよいであろう。また裁判長はこの判決を下すにあたって少なからざる勇気をも必要としたに違いない。

もともとこの裁判は、雑誌「原理日本」を主宰する国粋主義者蓑田胸喜《みのだむねき》の「津田氏の神代上代史捏造論は、その所論の正否にかかわらず、かけまくも畏き極みであるが、記紀の『作者』と申しまつりて皇室に対し奉りて極悪の不敬行為を敢えてしたものであるのは勿論《もちろん》、皇祖皇宗《こうそこうそう》より第十四代の仲哀天皇までの御歴代の御存在を否認しまつらんとしたもので、これは国史上全く類例のない思想的大逆行為である」という猛烈な攻撃に端を発しており、「不敬」や「大逆」といった言葉が、波及する過程においてどのように危険なテロを引き起こすかもしれない時代であったから、津田博士の『古事記』解釈を「命懸け」のものと前に記したのである。

執行猶予がついていたから、津田と岩波は服罪してもよかったのだけれど、起訴理由全部が有罪とならなかったのを不服とした検事側の控訴に、対抗して控訴したが、出版法の時効の期限がすぎるまで審理が行なわれなかったので、昭和十九年十一月四日、東京控訴院において「時効完成により免訴」との宣告を受けた。

早稲田大学教授の職を失った大戦末期の月日を、津田は、もし戦争に勝ったりでもしたら、軍部の専横や無謀に抑えがきかなくなり、それは日本にとって非常に不幸なことで、負けないかぎりかれらの横暴は改まらないだろうが、国民として日本の敗戦を希望することもできない……というディレンマに引き裂かれてすごした。

＊

昭和二十年八月十五日の敗戦によって、津田博士攻撃の急先鋒《きゅうせんぽう》であった人びとの「皇国史観」は一挙に精彩を失った。

津田博士はいまや弾圧の厳しい冬をくぐり抜けて、輝かしい解放の春を迎えた時の人である。

翌年一月に創刊された雑誌「世界」の編集部に、寄稿を求められた博士は、入魂の力作を二回に分けて送り、その前半は「日本歴史の研究に於ける科学的態度」という題で第三号に掲載された。

軍国主義の跳梁《ちょうりょう》にともない、それと結合して急速に力を獲得し、歴史を政略の具として、思想界に暴威をふるった「固陋《ころう》な思想」「虚偽迷妄な説」「気ちがひじみた言論」が、国民を惑わし、起こすべからざる戦争を起こさせ、かつそれを長びかせる一因となった……と説いて、皇国史観の学問性を徹底的に否定したのである。

だが、その続編として第四号に寄せられた原稿は、編集部の期待に著しく反するものであった。編集部は結論の部分について再考を求めたが、博士は肯《がえ》んじない。

結局、編集部が、自分たちはどうしてこの原稿をほぼ原文のまま掲載するにいたったか、という釈明を、八頁《ページ》にわたって同じ誌上で述べるという異例の形式で発表された。

問題の論文『建国の事情と万世一系の思想』の要旨はこうである。

皇室の御祖先を君主とする政治的勢力は、二世紀ごろにはヤマトを中心に存在し、しだいに日本民族全体を統一して、五世紀においてはもはや何人もそれに反抗せず、地位を奪おうとする者もなくなっていた。その理由は……。

第一に、皇室が外から来てこの民族を征服したのではなく、内から起こって周囲の諸小国を帰服させたからである。皇室は武力によって諸豪族にのぞむことはなく、国内において戦闘が行なわれた形跡もない。

第二に、島国であるため、民族的衝突としての戦争が起こらず、したがって君主の地位を不安にする事情も生じなかった。四世紀後半に半島への進出があったが、これは南端の日本人と関係のある小国の保護のためで、民族的勢力の衝突ではない。

第三に、わが国の上代においては、君主の政治らしい政治、事業らしい事業というものがなく、それゆえ失政も失敗もなかった。政治は天皇の名において行なわれるけれども、じっさいには重臣がその局に当たっているのを、だれもが知っており、そのことも皇室の地位を安固にした。

第四に、武力を用いず、政治の実務にかかわらない天皇にあったのは、宗教的な任務である。民衆のために呪術や祭祀を行ない、神と人の媒介をする巫祝であったことが、天皇を「現《あき》つ神」とする淵源となった。

これは天皇が神に代わって政治を行なったとか、宗教的対象としての神であった、などということを意味するのではない。日本の昔に天皇崇拝ということはなかったと考えられる。

天皇が日常の生活において普通の人として行動せられることは、だれもが見聞きして知っていた。記紀の物語に、天皇の恋愛譚《れんあいたん》や行きずりの少女との会話がふくまれていることからも、それは明らかである。

「現つ神」というのも、知識人の言葉、公式の儀礼のさいの用語で、一般人が日ごろ口にした様子はなく、六世紀の終わりごろから用いられた「天皇」という御称号に、ふつう神の観念を抱いていた気配も少ない。

天皇が神を祭られる、そのことがなにより人であることの明らかなしるしで、呪術や祭祀を行なう地位と任務にたいする人びとの尊敬と感謝が、精神的権威のもとであった。

第五に文化上の地位。半島を経てシナから入ってくる文物は、主として朝廷と周囲の権力者の用に供されたから、皇室はおのずから新しい文化の指導者的地位に立たれることになった。

記紀の天皇に、異民族にたいする民族的英雄の面影はなく、君主としての政治、事業も現われなくて、国家の大事は朝廷の伴造《とものみやつこ》（諸部民《べみん》の統率者）の祖先たる諸神の衆議によって行なわれたことになっている。

あとになってつけ加えられた出雲平定の話に、武力の影が見えはするが、それにも妥協的平和精神が強く働き、神代の物語のすべてを通じて、血なまぐさい戦争の話はない。

皇室の永続性は、みずから政治の局に当たられなかったことと、造作された神代史の中心観念である――皇室の祖先を宗教的意義を有する太陽としての日の神とし、天皇をその天《あま》つ日つぎとする宗教的、精神的権威から生まれた。

こうして、一方において皇室が永続し、一方においては政治の実権を握る者がつぎつぎに交替していくという、世界に類のない二重政体組織の国家形態が、わが国には形づくられた。

政治の実権を握らなかったために、外国のような王朝の更迭《こうてつ》がなく、時の権力者にたいしてつねに弱者の地位にあられたことが、皇位を永続させた。

ところが（先進の諸国が開国と通商を求めてきた）十九世紀中期の世界情勢は、日本に二重政体の存続を許さなくなり、政府は朝廷か幕府かのどれかひとつでなければならなくなった。そこで天皇親政を目ざして明治維新にまで局面を推し進めた力のなかには、頑迷な守旧思想もふくまれていた。

維新によって政治の実権を握った藩閥と宮廷の守旧主義者は、天皇の権力を強くして、国民の働きを抑えようとする思想を根本にして憲法を定め、それとともにヨウロッパの一国（＝プロイセン。軍国主義の鉄血宰相ビスマルクが独裁的な権力を行使したこの王国は、上意下達《じょういかたつ》の徹底した官僚国家であった――引用者注）に学んだ官僚制度が設けられて、行政の実権が漸次その官僚に移り、幕府と封建諸侯から取り上げた軍事の権が、すべての政務に優越する地位を占めて行った。

国民は初めて現実の政治において皇室を知ることになった。皇室は煩雑で冷厳な儀礼的雰囲気のうちに閉ざされ、国民はそれにたいして親愛の情を抱くより、その権力と威厳に服従するように仕向けられた。神代の物語を歴史的事実のように説いて、万世一系の皇室をいただく国体の尊厳を教えこみ、天皇崇拝の儀式を学校において行なわせたが、それは現代人の知性や精神とは相容《あいい》れぬものであった。

その結果として、敗戦後の今日に生まれた天皇制廃止論、それと反対に天皇制維持の名のもとに民主主義の実現を阻止しようとする思想傾向は、ともにじつは民主主義をも天皇の本質をも理解せざるものである。

皇室が権力をもって民衆を圧服しようとせられたことは、長い歴史において一度もない。じっさいの政治上において、本来皇室と民衆は対立するものではなかった。民主主義によって、国民が国家のすべてを主宰することになれば、皇室はおのずから国民の内にあって国民と一体であられることになる。具体的にいうと、国民的結合の中心であり国民的精神の生きた「象徴」であられるところに、皇室の存在の意義があることになる……。

このように説いてきて、津田はついに「世界」編集部を驚愕《きょうがく》させた結論に到着する。

国民みずから国家のすべてを主宰すべき現代に於いては、皇室は国民の皇室であり、天皇は「われらの天皇」であられる。「われらの天皇」はわれらが愛さねばならぬ。国民の皇室は国民がその懐にそれを抱くべきである。二千年の歴史を国民と共にせられた皇室を、現代の国家、現代の国民生活に適応する地位に置き、それを美しくし、それを安泰にし、そうしてその永久性を確実にするのは、国民みずからの愛の力である。国民は皇室を愛する。愛するところにこそ民主主義の徹底したすがたがある。国民はいかなることをもなし得る能力を具《そな》え、またそれをなし遂げるところに、民主政治の本質があるからである。そうしてまたかくのごとく皇室を愛することは、おのずから世界に通ずる人道的精神の大なる発露でもある。（一九四六年一月）

「世界」の編集部としては、前号の論文に引き続いて、過去の遺物である天皇制の迷妄を、津田が木《こ》っ端《ぱ》微塵《みじん》に粉砕してくれることを期待していたのであろう。ところが、津田が書いてきたのは、これ以上ないほど熱烈な皇室の擁護論であり、天皇にたいする徹底した親愛の情の表明であった。

期待を裏切られた編集者は、結論の再考を津田に求めたが受け入れられず、敗戦後は、それまでの皇国史観をそっくり裏返した感じの猛威を振るい始めたマルクス主義の唯物史観（津田左右吉はこれも「学問ではない」と一蹴《いっしゅう》していた）に立つ勢力の意向を慮《おもんぱか》って、前記のように八頁もの釈明文を同時掲載することにしたものとおもわれる。

「天皇は、日本国の象徴であり日本国民統合の象徴であって、この地位は、主権の存する日本国民の総意に基く」を第一条とする日本国憲法が公布される一年近くまえ、津田は論文ですでに「象徴」という言葉を用いて、その条文と全く同じ理念を、だれからの押しつけでもなく、日本人みずからの主張として書き表わしていたのである。

＊

津田左右吉は、皇室の権威はまず、みずからの祖先を宗教的意義を有する太陽としての「日の神」とし、天皇をその天つ日つぎとするところから生まれた……とした。

ここで、太陽と天照大御神の関係について、当方の考えを記しておこう。

いうまでもなく太陽信仰は、地球上に普遍的なもので、とりわけ古代エジプトと南米インカ帝国に顕著であったのは、よく知られている。

比較宗教学の第一人者ミルチア・エリアーデは、大著『世界宗教史』において、古代エジプトにおける「太陽神化」の神学と政治を、およそ次のように分析した。

異民族による侵略を受け、また逆に侵略を行なって、侵略者と被侵略者との混血と、諸宗教の融合が進み、国際色に富む文化が生まれた新王国時代（前16〜前11世紀）、古代エジプトの主神アメンは、太陽神ラーと同化して、至高神となった。

太陽はどんな民族にも受け入れられる唯一神である。アメン＝ラー神を、宇宙の創造神にして支配神と称揚する美しい讃歌《さんか》が、新王国時代の初期に作られた。太陽神を至高神とする信仰は、宗教的な統一を用意し、ナイル河の流域からシリアとアナトリアにいたるまで、同じ神的原理がしだいに広まって行った……。

基本的な事情は、縄文時代から弥生時代に移行する時期のわが国においても、同様であったろう。

一万年にわたって続いた縄文時代の生活様式に革命的な変化をもたらす弥生時代は、水稲耕作と金属器の渡来から始まった。

大陸や半島からの新しい文化の流入と、渡来人の増加は、人びとの暮しを多様化すると同時に、それまでになかった混乱と争いをも生み出す。

稲作の進展にともなう領土の保全と拡大が、部族の命運を分ける重大な問題となって、戦いが始まる。『後《ご》漢《かん》書《じょ》倭《わ》伝《でん》』のいう倭国大乱（二世紀後半）は、そのあらわれであろう。

時代はその深部において、さまざまな種族と宗教を統一できる、新しい神と宗教を必要としていた。

そうした時期に、自分たちの祖神を、太陽神と同一化させる、という驚くべき発想に到達した部族がいた。

祖神と日神を一体化した「天照大御神」という新しい神の創出と、自分たちはその子孫である、という信仰が、ひとつの部族を天孫族たらしめ、長を天皇たらしめたのである。

つまり、天照大御神の創出が、今日まで続く天皇制の起源であるといってよい。（「天

「皇制」という言葉が、その打倒を目ざすコミュニズムの用語であるのを知らぬわけではないが、本篇《ほんぺん》では、世界中のどのような王制にも帝制にも全く似ていない、日本独自の価値を持った無類の政治形態を示す積極的な意味で用いる)

日神と祖神の同一化——。簡単には考えられない思想を実現させたものは、長く皇位を保証してきた三種の神器《じんぎ》のなかの「鏡」である。

日本で使用された鏡のなかで、おそらく最も古いものは、弥生時代に渡ってきた凹面鏡の多鈕細文鏡《たちゆうさいもんきよう》であった。

考古学で画期的な業績を挙げた小林行雄は、著書『古鏡』でそう指摘し、凹面鏡の光を反射させる機能(もともとは日に向けると文字通り焦点に高熱を生ずるところから、モグサに点火するのに用いた)について語ったあと、次のようにいう。

かなり長くなるが、まことにインスピレーションに富んだ象徴的な文章であるとおもわれるので、敬意を籠めて引用させていただきたい。

こういうふうに考えてくると、私には、弥生時代の日本人が、多鈕細文鏡をどのように使用したかということが、ほぼ想像できるように思われる。

すなわち、まず鈕が鏡の中心からかたよった位置に二個あるから、紐をとおしてさげると、鏡の表面は、だいたい垂直に近くなる。それを榊《さかき》の枝にとりつけて、一人の女性が人々の前に姿をあらわしたとしよう。

それは、よく晴れた日でなければならない。待ちかまえた人々は、おそるおそる巫女の姿をあおぎ見、つぎに鏡に眼をうつしたことであろう。その時、巫女が榊の枝を静かに動かすと、一瞬に、鏡の面に反射された太陽のまばゆい光輝が、人々の眼を射る。はっと驚いた人々は、眼をとじて平伏したであろう。しかし、眼をとじてみても、開いてみても、網膜に焼きつけられた太陽の残像は、あるいは緑に、あるいは紫に変化して、もう一度、いま見たものをたしかめようとしても、ただ不思議な色彩が見えるばかりであったろう。

ようやく時間がたって、あたりの光景を、ふつうの状態に見ることができるようになった時には、巫女の姿は鏡とともに消えている。

こうして人々は、巫女が太陽を自由にするほどの呪力をそなえていることを、確信したにちがいない。太陽を支配するとは考えなかったとしても、人々が太陽にたいして、稲の生育をすこやかにするように、十分な日照りをあたえてほしいと願う時には、その願いを太陽につたえてくれるだけの能力を、この巫女がもっていることは、信じえたと思うのである。

この卓見に触発されて生まれた当方の考えはこうだ。

日本人がそれまで見たことのない、恐るべき力を秘めた舶来の鏡を、呪術の道具として用いたことが、日神と祖神の同一化を可能にした。

斎王《いつきのみこ》の女神は、手にした鏡で太陽を眩《まぶ》しく反射させることによって、太陽と一体化する。目にした人の網膜と脳裡には、唯一神、超越神である太陽神を、女性として人格化した天照大御神の像が結ばれた。

稲作を豊かにする太陽への願望と感謝は、天照大御神への尊崇となった。その信仰は、豊作を祈願するさまざまな儀礼や呪術と結びつき、しだいに複雑でかつ洗練された内容と形式を持つ宗教となって発展する。

太陽神は同時に穀霊神であった。

祖神と日神の同一化は、祖先を天照大御神、一族の長を天津日嗣《あまつひつぎ》とし、自分たちはその子孫の天孫族であるという意識を生み、そこから時代を遥かに遠く溯って、天孫降臨の神話が創案された。

北九州のように群雄割拠して、たがいに相争っていたところ、あるいは大和《やまと》の盆地で領地の拡大を競い合って、おなじような状態にあったかもしれないところで、先祖の代から知っているある一族の長がいきなり、われは天津日嗣である、他の部族も天孫族であるわれらが奉ずる神に従え、と唱えても、いうことを聞く者はだれもいないであろう。遠いところからやって来た一族であれば、話は違ってくる。かれらの故郷がだれも知らない秘境であったら、話はよけい神秘性と呪術性を帯びて感じられたに相違ない。

それが、新しい信仰を核として成立した原大和朝廷の発祥の地を、北九州でも大和でもなく、日向の山峡高千穂であったのでは……と想定する理由なのである。

以上の考えを、反動的な国粋主義の鼓吹《こすい》と感じて忌避する人は、今なお少なくあるまい。

だが、天照大御神の創出は、稲作と鏡という外来の文化なくしては、決してあり得なかったろう。

稲作と金属器の渡来、そして多数の渡来人のもたらす新しい知識と思想は、わが国を激しく揺さぶって、急速に変化させた。

古代エジプトの国際化が、アメン＝ラー神を至高神としたように、天照大御神もわが国が初めて経験した国際化の激動から生まれたのに違いないのである。

＊

当方の想定によれば――。
天照大御神を創出した天孫族は、もともと鹿児島のシラス（火山灰）台地から、渡来人の示唆を受け、水稲耕作の適地を求めて進んで来た部族だから、新しい知識や技術の摂取と研鑽《けんさん》に積極的で、日向の高千穂峡を本拠に、長年にわたって農業の生産力を高め、他の地方と同様に一夫多妻制によって人口を大幅にふやして力を増していくうち、五穀《ごこく》豊穣《ほうじょう》を祈願する太陽信仰と、稲作に適した暦法や農法などを結びつけて、これまでにない新たな祭政のシステムを作り上げた。（一夫多妻制については、『魏志倭人伝』に「国の大人《たいじん》は皆四・五婦、下戸《げこ》も或《ある》は二・三婦」と記されている）

天照大御神を信仰し、その教えに従って祭事と農事を行なえば、五穀豊穣が約束される。そのかわりに御利益《ごりやく》を受ける者は、収穫の一部を大御饗《おおみあえ》として神に差し上げなければならない。

筑紫の日向から、やがて本州への進出を意図して北上を始めた天孫族の、最初の拠点となった豊前《ぶぜん》の宇沙《うさ》（宇佐）で、国人《くにびと》が、

――足一騰宮《あしひとつあがりのみや》を作りて、大御饗献《たてまつ》りき。

と『古事記』に記されているのは、つまり、そういうことであったろうとおもわれる。三世紀中頃の倭人が、すでに各地の王に租賦を収めていたのは、『魏志倭人伝』に報じられている。原大和朝廷は、支配者に対する納税としてではなく、新しい神への大御饗として収穫の一部を献上させ、また武力ではなく、新しい神の信者をふやすかたちで、版図を拡大して行ったのであろう。

新たな土地への進出には、ちょうど天孫降臨の隊列がそうであったように、警護の武人が露払いを務め、祭事を司《つかさど》る神官、神楽《かぐら》を舞う猿女君《さるめのきみ》、作鏡連《かがみつくりのむらじ》、玉造連《たまつくりのむらじ》の人

びとが、斎王の女神を守るかたちで進んで行ったものと想定される。（つまり、それは太陽神＝穀霊神である天照大御神の御稜威《みいつ》をいまだ知らぬ土地への、天津日嗣の降臨なのである）

大御饗を献上した宇沙の国人が建てた「足一騰宮」とは、どういう構造の建物だったのだろうか。

宣長翁は、「宮の一方は宇沙川の岸なる山へ片かけて構え、今一方は流の中に大なる柱を唯一つ建て支えたる構なるべし」とする。

たぶん初期には原大和朝廷の神殿も、高千穂の深い峡谷に面した山の崖を利用して、高い巨木に支えられる構造だったのだろう。それが九州から本州へ進出するにつれ、先住し土着する数数の部族の神神に対して、新しい至高神の独自性と功徳《くどく》を鮮明にするため、神殿は豊年満作を象徴して平地に建つ穀倉の形に変わり、古い御神体の高木は、「心御柱《しんのみはしら》」として床下に埋められたものと考えられる。（伊勢神宮の神殿の床下に埋められた「心御柱」は、古来、清浄な忌柱《いみばしら》として神秘化され、何人も目にすることは許されておらず、それについていろいろ述べたり、空理を附会《ふかい》する説を立てることを厳しく禁じられている）

豊作という御利益を約束して、最新の稲作技術を（そして恐らく養蚕と機織の技術も）教える天照大御神への信仰を誓い、原大和朝廷に服属した部族の長には、祭事を行なうための呪具として、新しい神の象徴である御神体の鏡が頒《わか》ち与えられた。

天孫降臨のさい、天照大御神は、天孫に鏡を授け、この鏡は、専《もは》ら我が御魂《みたま》として拝《いっ》き奉れ、と告げたあと、次に思金神《おもいかねのかみ》は前の事を取り持ちて政《まつりごと》せよ、と詔《みことのり》した。

ご承知のように思金神は、高天の原で岩屋に隠れた天照大御神を引っ張り出すため、深慮遠謀のかぎりを尽くした頭のいい神様で、「前の事」とは朝廷の政事をさす。

すなわち、巫祝の資質に恵まれてカリスマ性のある斎王が、鏡を呪具として祭事を司り、頭がよくて現実的な思慮に富む宰相が政事を執り行なう、という祭政の二重体制は、ごく早い段階からそう定められていたのであった。

わが国の天皇は長く軍事と政治の実務に直接の関わりを持たなかった。

しかし、天皇親政を唱えて推し進められた明治維新の主力となった人びとが、ヨーロッパで最も君主の大権を重んじた軍国プロイセン（ドイツ帝国の中核をなした王国）に範をとって制定した大日本帝国憲法は、軍事と政治の実務から無縁のところで生きて来られた天皇の任務に、統治権を総攬《そうらん》する大権とはまた別条にして、陸海軍の統帥権《とうすいけん》（最高指揮権）をあたかも直接的な政務のように明記した。

明治以降のわが国は、急速に近代化を進め、清国《しんこく》とロシアを相手にした戦争に勝利を収めて、世界史の流れに新しいエポックを刻んだが、政治と軍事の実権を唯一有する全能的存在として、その中心に措定された明治天皇が、わが国の天皇本来の在り方として、

とこしへに民やすかれといのるなるわがよをまもれ伊勢のおほかみ
ちはやふる神ぞ知るらむ民のため世をやすかれといのる心は
民草のうへやすかれといのる世に思はぬことのおこりけるかな
国のためたふれし人を惜むにも思ふはおやのこころなりけり
よもの海みなはらからと思ふ世になど波風のたちさわぐらむ

と、なによりもまず民の幸せと世の平穏を願う無私の祈りを、徹底して身につけたきわめて英明な君主であったことが、麾下《きか》の将軍と参謀と兵、そして国民のあいだに熱烈な求心力を呼び起こし、忠誠心と愛国心と集中力を著しく高めて、さらに鋭く研ぎ澄まし、日露戦争を奇跡的な勝利に導いて行った事実は疑えない。

だが、わが国の伝統にそぐわないプロイセン型の憲法は、やがて天皇以外の人たちがやったことが、天皇の名において絶対化されるという——具体的な責任の所在がどこにあるのか判然としない官僚制の構造のなかで、統帥権の威光を笠《かさ》に着た軍部が一方的に独走する体制を作り出すことにもつながって行った。

法制史の泰斗石井良助《りょうすけ》は、戦後間もないころに上梓《じょうし》した『天皇』において、要約すれば次のように述べた。

戦前の国体論は、天皇親政をもって国体としたが、じっさいに天皇親政が行なわれたのは、中国式皇帝に倣《なら》った上世中期と、プロシャ（プロイセン）王政の影響を受けた近代中期にかぎられる。日本固有の形態をもって国体とするなら、天皇不親政の伝統をこそ、わが国の国体というべきであろう……。

たしかに、わが国の歴史を虚心に見るなら、天皇が古代からいつの時代にも一貫して、政治と軍事の実権をすべて一手に握る絶対的な権力者であった等《など》という考えは、明治以降の政治と教育の統制によって作られた官製の歴史観、国家観と、それを裏返した左翼唯物史観が化合して、明治以前の時代にまで溯って投影されたところから生じた幻影にすぎないのは、大方の目に明らかであろう。

中国の皇帝やヨーロッパの国王と、わが国の天皇とのあいだには、全く別の地位といってもいいくらい大きな距離がある。

遥かに遠い昔から、邦家と万民の安寧と繁栄を天地に祈って、祭祀と儀礼を敬虔《けいけん》に司るのが、わが国の天皇の最も伝統的な任務であった。

天皇制が廃絶の危機に陥った敗戦の直後、新憲法の第一章第一条において、「天皇は、日本国の象徴であり日本国民統合の象徴であって、この地位は、主権の存する日本国民の総意に基く」ことを、はっきりと内外に宣明した——いわゆる象徴天皇制は、決して占領国から押しつけられたものではなく、二千年の歴史を持つ天皇の本質を、的確に現代に蘇《よみがえ》らせるものであった。

いうまでもないであろうけれど、もしあのとき天皇制が廃止されていたら、わが国は東西対決の悲惨な戦場となり、結果としてアメリカの完全な属国となったかソ連の衛星国となったか、何《いず》れにしても日本という長い歴史と独自の伝統を持つ国は、地上から完全に姿を消していたのだ。

有史以来の存亡の危機に遭遇した時、日本を守ったものは天皇制であった。万世一系の天皇がいなければ、土台、この世に日本という国は存在しないのである。

第六章　高千穂《たかちほ》より大和《やまと》へ

天《あめ》が下を広く知ろしめすにふさわしい都を新たに開く地を求めて、日向《ひむか》の高千穂宮を離れ、豊前《ぶぜん》の宇沙宮《うさのみや》、筑前《ちくぜん》の岡田宮、阿岐《あき》の多祁理宮《たけりのみや》、吉備《きび》の高島宮……と遷都を重ねた高天原《たかまのはら》の朝廷は、ついに国土《くに》の中心に位置するまほろばの大和を最終の目標に定め、そこを本拠とする長髄彦《ながすねびこ》との決戦を開始する。

だが、武力で圧倒的に勝《まさ》っている長髄彦勢に、高天原勢は完敗したうえ、皇尊《すめらみこと》の五《いつ》瀬命《せのみこと》をも失ってしまう。かわって皇尊となった磐余彦命《いわれびこのみこと》は、五瀬命の遺言に従い、太陽を背に負う方角から攻めようと向かった山中で、道に迷い、病に倒れるが、八咫烏《やたがらす》の導きで、首尾よく大和盆地の東方に出ることができて、大和を平定し、畝傍山《うねびやま》の橿原《かしはらの》宮《みや》で即位して、神武天皇となった。

神武天皇は、三輪山の大物主神《おおものぬしのかみ》の女《むすめ》伊須気余理比売《いすけよりひめ》を大后《おおきさき》に迎え、やがて青垣に囲まれたまほろばの大和に、元気な男子の産声が響き渡って、新しい国の夜明けが告げられる。

日向の高千穂宮・外宮《げくう》本殿

広間の上座に坐《ま》しているのは、皇尊《すめらみこと》の五瀬命と、弟の磐余彦命。
（高天の原から降臨した天津日高日子番能邇邇芸命《あまつひこひこほのににぎのみこと》が、国津神の女《むすめ》木花佐久夜毘売《このはなのさくやびめ》と結ばれて生まれたなかの末子が、火遠理命《ほおりのみこと》。のちに天津日高日子穂穂手見命《ほほでみのみこと》と呼ばれる火遠理命が、海神《わたのかみ》の女《め》豊玉毘売《とよたまびめ》と結ばれ、生まれた波限建鵜葺草葺不合命《なぎさたけうがやふきあえずのみこと》が、叔母《おば》の玉依毘売《たまよりびめ》を娶《めと》って生《な》した子は、五瀬命、稲氷命《いなひのみこと》、御毛沼命《みけぬのみこと》、若御毛沼命《わかみけぬのみこと》〈長じての名が磐余彦命〉の四柱。そのうち次男と三男が世を去り、長兄とまだ年若い末弟が、高千穂宮に坐しているのである）

二人の前に列座しているのは、宰相思金神《おもいかねのかみ》と大臣《おとど》たち、それに祭事を司《つかさど》る中臣連《なかとみのむらじ》、忌部首《いむべのおびと》、神楽《かぐら》を舞う猿女君《さるめのきみ》、作鏡連《かがみつくりのむらじ》、玉造連《たまつくりのむらじ》、警護にあたる大伴連《おおとものむらじ》、近衛《このえ》を務める久米直《くめのあたい》など、各部属《ともがら》の長《おさ》たち（いずれも前に登場したときとは顔が違う）。

五瀬命「ここ高千穂は、天《あめ》が下を広く知ろしめす地にはふさわしくない。東へ向かうとして、まず何処《いずこ》に宮を建てるべきか」

思金神「先駆けの者が、かねてより各地を調べた末、豊国《とよくに》の宇沙都比古《うさつひこ》と語り合って、すでにおおよその手筈《てはず》が調っております。故《かれ》、宇沙に定められましては……」

五瀬命「他の者に異存はないか」

大臣や部属の長たちが、頷《うなず》いたり口に出したりして賛意を表わす。

五瀬命「ならば、宇沙に定めよう」

かなりの遠景で――つまり時間の経過を示して――外宮本殿からさほど遠くない河の船着場につけられた多くの舟に、まず武装した大伴連と近衛の久米直、皇尊五瀬命と磐余彦命、斎王《いつきのみこ》の女神、そして神事にかかわる各職能集団が、次次に乗りこんで行く。

なかで天津久米命《あまつくめのみこと》が率いる近衛の一団だけが、もともと海人族《あまぞく》であることを示して、黥面文身《げいめんぶんしん》の姿――。

河を下って行く舟の列。

河口から、海に出る。

移り変わる海岸の眺めが、長い距離の移動を示す。

幾つもの岬と湾と半島を廻《めぐ》って、周防灘《すおうなだ》に面した宇沙川（いまの駅館川《やつかんがわ》）の河口の水門《みなと》に着く。

宇沙・足一騰宮《あしひとつあがりのみや》

先着した舟の知らせを聞いて、迎えに出ていた国人《くにびと》の長《おさ》宇沙都比古と妻宇沙都比売《うさつひめ》の二人、上陸した五瀬命と磐余彦命に対し、胸の前で強く打ち合わせた両手を、腕の長さ一杯に広げ、掌《てのひら》を下に返して、敬意を表わす。

（『魏志倭人伝』にいわく「大人の敬する所を見れば、但々手《ただただ》を搏《う》ち以《も》って跪拝《きはい》に当つ」。大相撲《おおずもう》の「柏手《かしわで》」が、この拝礼に起源を有するのは明らかであろう）

宇沙都比古に導かれて、五瀬命、磐余彦命を先頭に、大きな太御幣《ふとみてぐら》を掲げた神官と禰宜《ねぎ》、そして斎王の女神と巫女《みこ》の行列が、陸上の道を進んで行く。

太御幣とは、常緑の榊《さかき》の上枝に、勾玉《まがたま》を連ねた御統《みすまる》、中枝に八尺鏡《やたかがみ》、下枝に白い布幣と青い布幣を下げた——あの天《あめ》の石屋戸《いわやと》開きのとき、天照大御神《あまてらすおおみかみ》を誘い出して、太陽を蘇《よみがえ》らせたのに用いられた呪具である。

宇沙の国長《くにおさ》が、恭《うやうや》しく案内するあとに、見たことのない貴人と、得体の知れない呪具と異形《いぎょう》の人びとが列を作って進んで行くので、何事か……と訝《いぶか》った国人が、大勢集まって来る。

見物人も後についた行列が、やがて着いたところは、丘陵の斜面に作られた棚田——。より高い山から引かれた水によって、灌漑《かんがい》が行き届いた田圃《たんぼ》には、稲が青青と豊かに生育している。

一方——。

上陸したなかの天津久米命は、部下とともに、河口に近い湿地帯（ただし葦原《あしはら》を経て、海水の塩分は減退している）で稲を作っている国人のもとへ向かって行く。

文様は違うが、自分たちとおなじく黥面文身している一人に対して、天津久米命「汝《いまし》らは、まだこんな所で稲を作っているのか」
高天の原の海人族は、探検と調査の範囲が広いので、方言の障壁を越えて話をすることができる。
いわれたほうは、むっとして、
国人「こんな所とは、如何《いか》なることじゃ」
天津久米命「海のそばということよ。これからは山で稲を作らねばな」
相手はせせら笑い、
国人「山で？　山で稲などできるものか」
天津久米命「それができるのじゃ。しかもこんな所で作るより、ずっと美味《うま》い米が、ずっとたくさん穫《と》れる」
国人「そんな話に騙《だま》されはせんわい」
天津久米命「何だ、知らぬのか。汝らの国長の宇沙都比古が、すでに高天の原の教えを受けて、山で稲を作っているのを」
国人「………」
天津久米命「知らずにいると大損をするぞ。いちど山へ行って、見て来るがよい」
国人の半信半疑の表情――。
アップになったその国人の見る視野のなかで、カットが変わるたび、稲がぐんぐん成熟する。

黄金色に実った穂波が風に靡《なび》く。

宇沙都比古が喜悦の表情で、国人になにごとか命令を下す様子。

山中の林から、大勢の国人が、高天の原の神官の指揮にしたがって、巨木を伐り出し、斜面を引き下ろす。

たくさんの曳子《ひきこ》に引かれ、起伏する山地や野を突っ切って、巨木が川の方向へ運ばれて行く。

曳子に引かれて、流れを渡る巨木。

川岸で柱立ての祭事が始まる。

諸方から集まって来た多数の見物人が、曳子が引っ張る綱の力で、巨木の柱がだんだん立ち上がって行くさまに、盛んな声援を送る。

ついに直立する巨木。

喝采する人びと。

建物の中心をその御柱、一方の端を背後の山肌で支える形で、御舎《みあらか》の建造が始まる。

多くの舟に乗って、宇沙の水門に着いた人びとが、御舎の建造工事を見物にやって来る。

完成した「足一騰宮」の縁の板敷から、対岸の地面に向かって、長い階段状の木の桟橋が架けられる。

御舎は東の方向に向かっている。

対岸に広がる野原が、夜の闇につつまれ、篝火《かがりび》が焚《た》かれる。

噂《うわさ》を聞いて詰めかけた大勢の見物が見守るなか、岸辺の河原で、いったんお隠れになった天照大御神が蘇ってふたたび地上に太陽の光をもたらす「天の石屋戸」の神楽が、猿女君《さるめのきみ》によって演じられる。神楽は夜を徹して行なわれ、天照大御神の復活を予兆するように、東の空がしらじらと明けて来る。

日が昇るにつれて、太御幣を掲げた神官と禰宜たちが、静静と御舎へ通じる桟橋を登って行く。

いったん御舎に入り、太陽が完全に姿を現わしたころ、平入《ひらい》りの建物（屋根の表面がこちら側に見える）の入口の縁に出て来た神官の朗朗たる祝詞《のりと》の声が、あたり一帯を圧して響き渡ったのち、御舎の奥から厳かに姿を現わした斎王の女神の手にした八尺鏡の反射光が、対岸の見物人に向けられる。

凝縮された朝日の円光が、見物人の端から端まで、隅から隅まで、ゆっくりと動き回る。

生まれて初めて経験する光の箭《や》で、眼を射貫《いぬ》かれた人びとの驚愕《きょうがく》と畏怖《いふ》の表情――。

宇沙の水門を離れ、舟で海上を行く人びとの顔からは、まだその衝撃の色が消えていない。

郷里の浜辺に帰って、土産話《みやげばなし》を伝える姿。同種のカットが、さまざまにスタイルを変えて、幾つも重ねられ、宇沙で目撃された奇跡が、諸方に広がって行くさまを物語る。

そのシークエンスにかぶせて、
語り手「五瀬命と磐余彦命は、次に向かった筑紫の岡田宮に一年、そこから向かった阿岐国の多祁理宮に七年、さらに移った吉備の高島宮には、八年にわたって坐《ま》しまされた」

こう語られる途中から、航空撮影（移動）で、次第に規模の大きさを増して行く高天の原の内宮《ないくう》と外宮の眺めがとらえられる。

地上では、後方に穀倉が並ぶ外宮に、大御饗《おおみあえ》の米苞《こめづと》を運びこむ国人たち。

日向の高千穂宮を出発したとき、まだ少年の面影を残していた磐余彦命は、いまや屈強の壮年――。

大和地方の探察から戻って来て、兄五瀬命と大臣たちに報告する。

磐余彦命「かねて塩椎神《しおつちのかみ》（航海の神＝老練の水夫《かこ》）に教えられし通り、大和は国土《くに》の中心に位し、青垣（緑の山並み）に囲まれて、まさしく天《あめ》が下を知ろしめすのにもっともふさわしき地《ところ》。なれど、そこに到るまでの途中、登美《とみ》という地に、長髄彦なる悍勇《かんゆう》の長《おさ》がおり、すでに多くの下戸《げこ》を使役して、広く田を作っておりますゆえ、吾らに服《まつろ》うとは到底おもわれませぬ」
五瀬命「そこのほかに、高天の原の宮を置く都にふさわしき地はないか」
磐余彦命「あれ以上の地はありませぬ」
五瀬命「如何《いかが》すればよい」
道臣命《みちのおみのみこと》（大伴部《おおともべ》の長）「軍勢を進めて、その者を服わせるほかはありますまい」
五瀬命「ほかの大臣たちはどうじゃ」
意見を問われて、同意する大臣たち。
吉備の高島宮外宮につながる船着場から、多くの軍勢が分乗した舟が、河の流れを下り、水門から海に出て、難波《なにわ》の方向へと進んで行く――。

大和の戦い

難波の海から、大和川に入って内陸部を進む航行を続け、さらにその流れに注ぐ竜田《たつ》川《がわ》を遡上《そじょう》して、登美に近い白肩津《しらかたのつ》（草香江《くさかえ》と呼ばれる江湾に臨む船着場）に迫る高天の原の船隊。

そこにはすでに物見によってその動きを察知していた長髄彦の軍勢が、木陰や草叢《くさむら》に潜伏しており、高天の原の軍勢が上陸するのを待って、一斉に取り囲んで襲いかかる。

高天の原軍は、これまで実戦の経験を、ほとんど持っていない。

それにひきかえ、稲作を営む豪族が割拠する大和で、領土の保全と拡大のための戦《いくさ》を重ねてきた長髄彦の軍勢は、戦術が格段に勝れているうえ、自分たちの土地を守ろうとする闘志が熾烈《しれつ》をきわめ、高天の原の軍勢は、たちまち劣勢に追いこまれる。

まるで太刀《たち》打《う》ちできず、多くの兵を失い、次次に舟に乗って退却に移る高天の原軍。

重い矢傷を負ったなかには、総帥《そうすい》五瀬命もふくまれている。

これほど圧倒的な力の差があるのでは、何度戦っても、勝利はとうてい望めそうにない。

そうおもわせるほど徹底的な敗戦に打《う》ち拉《ひし》がれて、竜田川と大和川を下って行くあいだ、ずっと無言でいたが、難波の海に近づいたとき、天啓を得た面持になって口を開く。

五瀬命「吾《あ》は、日神《ひのかみ》の御子《みこ》でありながら、日に向かって戦ったのが、よくなかった。それゆえ賤《いや》しき奴《やつこ》に痛手を負ってしまったのだ。いまより方角を違《たが》え、大きく回り道を取って、こんどは日を背に負って戦うことにしよう」

つまり、西から東に向かって戦ったのが間違いであったので、次は東から太陽を背負って攻めようというのである。

そこで、船団は和泉国《いずみのくに》の海岸沿いに進み、紀ノ川の河口を目ざしたが、間もなく総帥の容態が悪化して、

五瀬命「賤しき奴に負わされた傷で、死んでしまうのか」

と悲痛な叫びを発し、志半ばにして世を去ってしまう。

代わって、皇尊《すめらみこと》となった磐余彦命は、兄の任務を受け継いで船団を率い、紀ノ川に乗り入れ、流れを遡《さかのぼ》って、大和の東方にある奥地へと向かう。

大和の盆地が近くなったあたりで、水路を陸路に変え、山中の道を進んで行くと、行く手に大きな熊が現われたと見るや、瞬時にして姿を消す。

とたんに磐余彦命は気を失って仆《たお》れ、将兵も全員気絶して、その場に伏してしまう。

やがて、熊野の高倉下《たかくらじ》という者がやって来て、寝ている磐余彦命の枕元《まくらもと》に、一振りの大刀《たち》を供える。

すると、両眼を開け、
磐余彦命「ずいぶんと長く寝ていたようだな」

と起き上がり、高倉下が捧《ささ》げた大刀を手にして一振りした瞬間、目に見えない熊野の荒ぶる神がすべて自ら仆れ、気絶していた将兵も一斉に目を覚ます。

そこで高倉下に、
磐余彦命「汝はこの大刀を、如何にして手に入れたのだ」

と尋ねたのに対し、
高倉下「吾が夢に、天照大御神、高木神《たかぎのかみ》の二柱が現われまして……」

そう答えて語るには……。

想像上の高天の原
淡い色彩の外宮本殿の広間で、天照大御神の意を体した高木神が、建御雷神《たけみかづちのかみ》を召し出して告げる。
高木神「葦原中国《あしはらのなかつくに》は、いたく悪神《まがかみ》たちが騒ぎ立てているらしい。我が御子《みこ》たちは、ひどく病み疲れているようだ。葦原中国は、汝《いまし》が服従させた国である。故《かれ》、ふたたび汝建御雷神が降《くだ》るべし」
それに答えて、
建御雷神「僕《あ》が降らずとも、その国を平らげた大刀がありますので、それを降せばよいでしょう。大刀を降すには、高倉下が倉の棟を穿《うが》ち、そこから落とし入れ、高倉下に、汝《なれ》目覚めたらそれを見出《みいだ》して、天《あま》つ神の御子に献上せよ、とそう申さば……」

元の山中
高倉下「その夢の教えの通り、朝、倉を覗《のぞ》いたら、まことにこの大刀がありましたので、こうして献上に参った次第です」
この言葉に、はっと気づいた面持で、磐余彦命は、覡《おかんなぎ》を呼び寄せ、高木神の神意を問わせる。

祈禱《きとう》を続けるうち、神憑《かむがか》りし、高木神に成り代わった厳かな声で、

覡「天《あま》つ神の御子《みこ》を、これ以上山の奥に入らしめてはならない。そこには荒ぶる神が数多《あまた》いる。これより八咫烏を遣わすゆえ、その導きに従って参るがよい」

その言葉通り、飛んで来た大きな八咫烏に先導されて行くと、もとの吉野川（紀ノ川の上流）の川岸に出る。

ここから陸路に転じたとき、高天の原軍は大和を目ざしているつもりで、実は熊野の山中に迷い込んでいたのである。

川の流れに、竹の梁《やな》を仕掛け、魚を獲っている男に、

磐余彦命「汝《な》は誰《たれ》ぞ」

と聞くと、

男「僕《あ》は国つ神、名は贄持《にえもつ》の子と申します」

といい、さらに磐余彦命の問いに答えて、方角を指し示しながら、いろいろと告げる様子。

その画面にかぶせて、

語り手「これが阿陀《あだ》（大和国宇智郡阿陀郷）の鵜養《うかい》の祖である」

教えられた方向へ進むうち、清らかな光を発する泉から、着ている毛皮の裾が、獣《けもの》の尻尾《しっぽ》のように見える男が出て来る。

磐余彦命「汝は誰ぞ」
尾のある男「僕は国つ神、名は井氷鹿《いひか》といいます」
語り手「これが吉野首《おびと》の祖である」
　清い泉の水を飲んで、元気を回復した軍勢が、さらに進んだ先に、こんどは別の尾のある男が、道を遮っていた大きな巌《いわお》を押しのけて出現する。
磐余彦命「汝は誰ぞ」
尾のある男（二）「僕は国つ神、名は石押分《いわおしわく》の子。天つ神の御子が出《い》でますと聞いて、こうしてお出迎えに参ったのです」
語り手「これが吉野の国栖《くず》の祖である」
　そこから先は、山中の道なき道を進み、やがて宇陀《うだ》の穿《うかち》の郷が見下ろせる地点に出る。ここはまだ水田耕作が行なわれていない狩猟民の郷で、土豪兄宇迦斯《えうかし》と弟宇迦斯《おとうかし》の兄弟が住む豪壮な家（掘建て式）は、物物しい要塞《ようさい》の構え――。

兄宇迦斯と弟宇迦斯

　山上に仮小屋を連ね、露営地とした高天の原軍の本陣で、磐余彦命が八咫烏に命ずる。
磐余彦命「兄宇迦斯と弟宇迦斯に、こう伝えよ。吾は天《あま》つ神の御子《みこ》である。吾らの神天照大御神を奉じ、その教えに従って稲作りに励むなら、いまよりも遥《はる》かに豊かな暮しとなるであろう。汝等《なれども》仕え奉らんや……と」

畏《かしこ》まった八咫烏、山上から飛び立って、兄宇迦斯と弟宇迦斯の館《やかた》に向かう。

中に入り、兄弟に向かって、磐余彦命の言葉を伝える八咫烏。

それを聞いて、
兄宇迦斯「何じゃと？　天つ神とはいったい何のことだ。笑わせるな。そのようにやくたいもない話。聞く耳持たぬわ」

と、歯牙《しが》にもかけなかったのに、
弟宇迦斯「そうではないぞ、兄じゃ人。だいぶまえから大和では稲作りを始めた長《おさ》たちが、ぐんぐん力と勢いを増している。吾らも山幸の業だけでなく、稲作りも始めなければ……」

兄宇迦斯「吾らの生きる道は、山幸のみで十分じゃ。ほかに何の不足があろう。聞く耳持たぬ。とっとと帰れ！」

と、八咫烏を追い出したばかりか、飛び立った上空の烏目がけて、強弓につがえた鳴《なり》鏑《かぶら》を放って威嚇する。

館に入って、
兄宇迦斯「直ちに戦の支度を調えよ。家の子を全部ここへ集めるのじゃ。すぐにみんなを呼んで来い」

と、弟に命ずる。
やがて一人きりで帰って来た弟を見て、
兄宇迦斯「ほかのみんなはどうした？」
弟宇迦斯「だれも来ません」
兄宇迦斯「なにゆえじゃ」
弟宇迦斯「戦などしたくないと」
猟師はそれぞれ一人きりの仕事だから、自分勝手に山中を駆け巡って、獣相手に戦うのは得意でも、弓矢で人と戦おうなどとは考えていない。
兄宇迦斯は歯《は》噛《が》みして口惜《くや》しがったが、いうことを聞かない者は仕方がないので、別の計略を考えつき、ふたたび弟に向かって、
兄宇迦斯「おい、みんなを呼んで来い」
弟宇迦斯「戦はしたくない、といっているのですが……」
兄宇迦斯「戦ではない。その天つ神とやらを迎える御殿を建てるのじゃ」
弟宇迦斯「それでは、吾の申した通り、稲作りを始めようと……」
兄宇迦斯「うん、まあ、そういうことじゃ」
こんどは、家の子たちも弟の説得に応じ、集まって来て、御殿の建築が始まる。
山上の高天の原軍の本陣から、完成に近づいた新しい建物が見える。

そこへ兄宇迦斯の使者がやって来て、
使者「吾らは、天つ神の御子にお仕え奉ることに決めました。御子をお迎えして御饗《みあえ》を差し上げるための御殿を建てておりますので、出来上がりましたら、ぜひあれへ……」
その数日後、弟宇迦斯が本陣に現われ、
弟宇迦斯「我が兄は、天つ神の御子を、弓矢で迎え撃とうとしましたが、手の者が集まらないので、いったんは戦をおもいとどまり、お仕え奉ると偽って、御殿を建てました。なれど、あの御殿には押機《おし》が仕掛けられております」
磐余彦命「その押機とは……」
弟宇迦斯「獣を捕るのと同じ仕掛けで、足を踏み入れれば、天井が落ちるようになっているのです。それゆえ、決してあの御殿に入ってはなりません」
それを聞いた大伴部の長道臣命と、久米部《くめべ》の長大久米命（天津久米命の息子）は、本陣に兄宇迦斯を呼び寄せて詰問する。
道臣命「汝《い》は、天つ神の御子にお仕え奉ると申しておきながら、お迎えするための御殿に押機を仕掛け、御子を弑《しい》そうと企《たくら》んでいるではないか」
兄宇迦斯「そのようなことは、決して……」
道臣命「ならば、汝がまずそこへ足を踏み入れても、大事はあるまい。汝が身をもって潔白の証《あかし》を立てよ」

そういうと矛を持った部下の兵に、兄宇迦斯を引き立てさせて、眼下に見える新築の御殿に向かう。

御殿の前まで来て、円陣を作って取り囲んだ兵が弓矢を構えるなか、矛で追い立てられた兄宇迦斯が、抵抗を断念した態度で、中へ入ると——。

轟然《ごうぜん》たる音とともに、家の裾から周囲に立つ土煙。

押機の仕掛けを熟知する兄宇迦斯は、床を踏んだあと、素早く身を退《ひ》き、土煙のなかを必死に走って逃れようとしたが、追走した兵たちに斬《き》られ、道臣命に大刀で止《とど》めを刺される。

あたりに夕闇が濃くなって——。

弟宇迦斯から、大御饗として大量の山の幸と酒が献上され、さっそくそれを料理した馳走《ちそう》の山をまえにして、盛大な酒宴が屋外で催され、宴がたけなわになったころ、美声の持主で詩才に富む大久米命が、舞いながら即興で歌詞を作って歌い始める。

宇陀の　高城《たかき》に　鴫羂張《しぎわな》る
我が待つや　鴫は障《さや》らず
いすくはし　鯨障る
前妻《こなみ》が　肴乞《なこ》はさば

立柧棱《たちそば》の　身の無けくを　こきしひゑね
後妻《うわなり》が　肴乞はさば
柃《いちさかき》　身の多けくを　こきだひゑね
ええ　しやごしや　こはいのごふぞ
ああ　しやごしや　こは嘲笑《あざわら》ふぞ

（宇陀の山上の狩場に　鴫羂を張ったら
待っていた鴫ではなくて
大きな鯨がかかった
古女房が　肴《さかな》をほしがったら
小さな実が少ししかない木のように　肉の薄いところを削《そ》いでやれ
若い新妻が　肴をせがんだら
実のたくさん生《な》る木のように　肉の厚いところを切ってやれ
ざまあみろ　嘲笑《わら》ってやれ
あははは……）

これはまことに滑稽で、率直で、豪快な歌だ。

鳴を捕まえようと、山中に張った網に、鯨がかかった、と意表を衝《つ》く諧謔《かいぎゃく》で、予想外の戦果を謳歌《おうか》する。

この譬《たと》えはまた、久米部が狩猟と漁撈《ぎょろう》で生きてきた過去をも物語っている。もう子供を産まない前妻には肉を少しだけ、これからたくさん産む後妻には肉をたっぷり、というのは、人口をふやすための一夫多妻制に関係する冗談である。

先に結婚した前妻《こなみ》の、後に娶られた後妻《うわなり》に対する嫉妬の激しさは、大国主神《おおくにぬしのかみ》とその嫡妻《むかいめ》須勢理毘売《すせりびめ》の場合に見て来た通りで、だからこのころは嫉妬心のことを「うわなりねたみ」といった。

ざまあみろ、というのは古女房に対してではなく、もちろん負けた相手を嘲笑《ちょうしょう》しているわけで、『魏志倭人伝』に記された「人性酒を嗜《たしな》む」という特徴と併せて想像すると、勝利を祝う酒宴で愉快に酔い、呵呵大笑《かかたいしょう》しているさまが、まざまざと目に浮かんでくる気がする。

忍坂《おさか》の詭計《きけい》

山中の宇陀から、大和の盆地に入るすぐ手前の忍坂（大和国城上郡《しきのかみのこおり》忍坂郷）に近づいたところで、先駆けしていた物見の者たちが、戻って来て報告する。

物見の長《おさ》「忍坂には大きな岩屋があり、そこに尾のある土蜘蛛《つちぐも》の八十建《やそたける》が、大勢の手下を集めて屯《たむろ》しております。とうてい無事に通れそうにはありませぬ」

　その報告を受け、
磐余彦命「如何にすればよいか」

　と意見を求められたなかで、
大久米命「吾に一計があります」

　自信を示して、その計略を幕僚たちに語る様子。

　そのあとアングルが変わって、物見の長に向かい、
大久米命「汝は、岩屋へ行って、八十建に御饗《みあえ》を奉りまするゆえ、どうか道を通してもらいたい、と頼みこめ。くれぐれも丁重に頼むのだぞ」

　と命ずる。

　その夜——、大久米命が久米部の部下たちに計略を説明する。

大久米命「弟宇迦斯より大御饗として献上された山の幸と酒が、まだたくさん残っている。吾らが膳夫《かしわで》となって、あすの夜、それを料理し、御饗として八十建の岩屋へ運び込む。そして土蜘蛛たちが酔ったころを見計らい、吾の歌を合図にして、一斉に打ってかかるのだ」

　そういって、合図の歌をうたって聞かせる。

忍坂の　大室屋《おおむろや》に
人多《さわ》に　来入り居《お》り
人多に　入り居りとも
みつみつし　久米の子が
頭椎《くぶつつい》　石椎《いしつつい》もち　撃ちてし止《や》まむ
みつみつし　久米の子等《こら》が
頭椎　石椎もち　今撃たば良らし

（忍坂の　大きな岩屋に
人が大勢集まっている
どんなに多かろうと
勇ましい久米の兵《つわもの》が
大刀や石槌《いしづち》をもって　撃ち殺してしまおう
勇ましい久米の兵が
大刀や石槌を持って　さあ　撃つのはいまだ）

合図の歌にしてはかなり長い。これは遥か後年の日活映画で、小林旭が歌い終わるまで、ビール瓶を逆手に持って取り囲む悪漢どもが、じりじりしながら待っている場面の元祖とおもわれる。

そして、『古事記』の原文では「かく歌いて、刀を抜きて、一時《もろとも》に打ち殺しき」と記されるのだが、それを脚色したこの映画では、歌の途中から、広い洞窟《どうくつ》のなかで、黥面文身した久米部の兵が、大刀や石槌を振り回して、毛皮を着た土蜘蛛と戦っている光景になる。

勝利を収めた高天の原軍は、山麓《さんろく》の忍坂を通り抜けて、ひろびろと開けた盆地へと向かう。

そしてついに山岳部を脱して出たところは、大和盆地の東南端で、そこはまさしく太陽を背負って戦える場所である。

強敵長髄彦との決戦にあたって、久米部の士気を鼓舞するために、大久米命がうたった歌は――。

みつみつし　久米の子等が
粟生《あわふ》には　臭韮一茎《かみらひともと》
そねが茎《もと》　そ根芽繋《ねめつな》ぎて
撃ちてし止まむ

（勇ましい久米の子等の
粟畑に　臭い韮《にら》が一本生えている
根こそぎ芽まで引っこ抜くように
撃ち滅ぼしてしまおう）

みつみつし　久米の子等が
垣下《かきもと》に　植えし椒《はじかみ》
口ひひく　吾《われ》は忘れじ
撃ちてし止まむ

（勇ましい久米の子等の
垣のそばに植えた山椒《さんしょう》を嚙むと
ひりりとした辛さが口中に残るように
憎い敵に対する怨《うら》みは忘れたことがない
撃ち滅ぼしてしまおう）

神風《かむかぜ》の　伊勢の海の
大石《おいし》に　這《は》ひ廻《もと》ろふ
細螺《したダみ》の　い這ひ廻り
撃ちてし止まむ

（神風が吹く伊勢の海の
大石を這う小さな螺《にし》のように
地を這い回ってでも
撃ち滅ぼしてしまおう）

（神武東征にさいして歌われたとされる歌謡を、『日本書紀』は「是《こ》を来目歌《くめうた》と謂《い》う」と注記して、その舞い方と歌い方には、古式があることを伝えている。宮廷の儀礼にさいし、もとは久米直が久米部を率い、天皇に忠誠を誓って歌ったのが来目歌〈久米歌〉で、それが雅楽寮の楽劇でも歌われるようになったのである。長髄彦との決戦前に歌ったとされる三首のうち、前二首からすれば、日ごろ粟畑を耕作し、垣のそばに山椒の木を植えた久米部は、山間地に住んでいたと考えられるが、三首目には、遠距離まで航行する海洋民の面目が見てとれる。

当方の想定を述べれば、この後のドラマにおいて、大久米命は確かに黥面文身していたことが明らかになるから、もともとは古くから中国との交通の中継地点であった久米島出身の海人族で、高天の原の都が大和へ遷《うつ》ったとき、最初の外宮宮殿〈橿原宮〉のすぐそばに、居住地として久米邑を与えられた。

そこで粟畑を耕し、垣のそばに山椒の木を植えていたのは、久米部の夫に褥《しとね》から遠ざけられ、鯨の肉も少ししか分けてもらえない前妻たちであったに違いないとおもわれるのである）

さて、怨敵《おんてき》長髄彦との決戦について、『古事記』は何も語らない。ただ邇芸速日命《にぎはやひのみこと》（系図不明）が、長髄彦の妹登美夜毘売《とみやびめ》を娶って子を生した……という断片的な話を報ずるのみである。

戦闘力において圧倒的な差があったのだから、外交的な交渉や説得がさまざまに行なわれたのかもしれない。

いずれにしても、神話の時代が終わったあと、大和盆地が高天の原の版図に入ったのは、歴史的に明らかな事実だ。

神武東征の戦いを、『古事記』はごく簡潔にこう結ぶ。

語り手「こうして、（磐余彦命は）荒ぶる神たちを言葉で説いて和《やわ》らげ、服《まつろ》わぬ人等を払いのけ、畝火《うねび》の橿原宮に坐《ま》しまして、天《あめ》の下を知ろしめすことになった」

磐余彦命の求婚

畝傍山の頂――大和三山のなかでもっとも高いそこは、大和盆地でいちばん早く朝日を拝める場所である――に作られた高天の原の内宮の一室に、磐余彦命と大久米命が対座して語り合っている。

語り手「磐余彦命は、日向に坐《いま》せしとき、阿比良比売《あひらひめ》を嫡妻《むかいめ》として、二柱の子を生《な》していたが、ここ大和でも大后《おおきさき》を娶りたいと考え、ふさわしい美人《おとめ》を探していた」

下座に控えていた身を、やや乗り出すようにして、

大久米命「まことにふさわしき媛女《おとめ》がおります。こは神の御子《みこ》なのです」

磐余彦命「その神とは……」

大久米命「三輪の大物主神です」

磐余彦命「母じゃ人は、いかなるお方じゃ」

大久米命「名は勢夜陀多良比売《せやだたらひめ》といい、他にくらべる者がないほど美しい顔をしていたのを、大物主神が見感《みめ》でたのです。それで、その美人《おとめ》が河屋（河の上に突き出した厠《かわや》）に入って大便をしたとき、わが身を丹塗矢《にぬりや》に変え、屎《くそ》の下ってきた流れを溯って行って、美人の陰《ほと》を突きました」

磐余彦命「…………」

大久米命「美人《うるわ》は驚いて立ち上がり、その矢を部屋に持ち帰って、床のそばに置くと、矢はたちまち麗しい壮夫《おとこ》となり、美人を娶って、子を生しました。その名は富登多多良《ほとたたら》伊須須岐比売命《いすすきひめのみこと》、のちに富登というのをきらって、いまは多多良伊須気余理比売《たたらいすけよりひめ》と申します。すなわち神の御子であることに、間違いはありません」

磐余彦命が伊須気余理比売に関心を抱《いだ》いた様子を見て、大久米命は春の野遊びを計画する。

出会いの場所に決められた高佐士野《たかさじの》に、やって来た媛女《おとめ》は七人。野に並んで坐《すわ》った磐余彦命と大久米命のまえを、衣の袖を翻して舞いながら、順番に通りすぎる（先頭に立っているのが伊須気余理比売）。

大久米命が磐余彦命に、歌で問いかける。

倭《やまと》の　高佐士野を　七行《ななゆ》く　媛女《おとめ》ども
誰《た》れをし枕《ま》かむ

（大和の高佐士野を行く　七人の乙女《おとめ》のうち　だれを妻になさいますか）

七人のうち、先頭に立っているのが、伊須気余理比売であろうと読み取っていた磐余彦命は、すこぶる気に入った内心を押し隠し、勿体《もったい》をつけて歌う。

かつがつも　最前立《いやさきだ》てる　兄《え》をし枕《ま》かむ

（まあ我慢して　先頭に立つ　年上の娘を　妻にしようか）

そこで呼び寄せられた伊須気余理比売は、見慣れない大久米命の「黥《さ》ける利目《とめ》」（周りに入墨をした鋭い目）への不審を、歌で問う。

胡鷰《あめ》子鶺《つつ》鴒　千鳥ま鵐《しとと》　など黥ける利目

（あめ鳥　つつ鳥　千鳥　鵐のように　どうしてそんなに丸く鋭い目をしているのですか）

それに対して、大久米命が答えた歌は……。

媛女《おとめ》に　直《ただ》に遇《あ》はむと　我が黥ける利目
(あなたを　ひたすら見つめたくて　こんなに目を大きく丸くしているんですよ)

機知に富んだその歌を聞いた大和の娘は、遠来の磐余彦命に向かい、

伊須気余理比売「お仕え申し上げます」

と、のちに神武天皇と呼ばれることになる天《あま》つ神の御子の求婚を受け入れる。

周囲の男女の姿が忽然《こつぜん》と消えて、うららかな春の野に、二人だけになる磐余彦命と伊須気余理比売——。

狭井《さい》の夜明け

緑の色も鮮やかに、大物主神が鎮座ましますの三輪山。

狭井河の流れに沿って、天 皇《すめらみこと》の行列が、山の中へと分け入って行く。

岸辺のいたるところに咲いているのは山百合《やまゆり》の白い大きな花。

語り手「この河を佐韋河《さいかわ》というわけは、岸辺に山百合が多いからである。山百合はもともと佐韋という名であったので、そう名づけられたのであった」

山中に進むにつれて、流れが狭まった岸辺の、草深い茂みのなかに、小さな掘建て柱

式の家が、ひっそりと蹲《うずくま》っている。

入口の前に立ち、羞《は》ずかしげな微笑をこちらに向けている伊須気余理比売――。

比売に導かれて、行列を後に残し、天皇の入って行ったみすぼらしい家が、夕暮れを経て、夜の闇につつまれる。（溶暗）

（溶明）燦燦《さんさん》と陽光を浴びる三輪山の頂から、ゆっくりとパンダウンして――つまり時間の経過を示して――家のほうから、伊須気余理比売の婚礼の行列が出て来る。

両側に山百合の花がいっぱいに咲き乱れる道を、前に天皇が登って来たのとは逆の方向へ下って行き、水田が整然と広がるなかの道を進んで、畝傍山の麓《ふもと》に建つ立派な宮殿（橿原宮）に入る。

荘厳な婚礼の儀式――。

式が終わったあと、二人きりになった部屋で、神武天皇は伊須気余理比売の肩に両手をかけ、目をまっすぐに見て歌う。

葦原《あしはら》の　しけしき小屋《おや》に　菅畳《すがたたみ》　いや清《さや》敷きて　我《わ》が二人寝し

（葦原のなかの　小さな貧しい家であったけれど　真新しい菅畳を清清《すがすが》しく敷いて
二人ですごした初夜のことは　決して忘れない）

回想のシーン——。

最初に訪ねたときの天皇が入って行き、夕暮れを経て夜の闇につつまれた川岸の小さな家に、やがて少しずつ朝の光が射し始める。

川面《かわも》に立ち籠めた深い朝霧の向こうから、元気な赤子の産声が聞こえてくる。

急速にキャメラが上昇して、狭井の川辺の小屋がぐんぐん一粒の種籾《たねもみ》のように小さくなって行き、俯瞰《ふかん》の視野いっぱいに大きく広がる青垣（緑の山並み）に囲まれた国のまほろばに、男子の産声が強く長く響き渡って——。

〈終〉

第七章　日本語を創った天武天皇

戦後、わが国の知識層は『魏志倭人伝』を金科玉条のごとくに崇《あが》める一方、『古事記』は根も葉もない作り話であるとして歯牙《しが》にもかけずにきた。確かに作り話には違いないけれど、実は根と葉があるばかりでなく、**花も実もある作り話**なのだ。神話は科学的でないという理由で否定されたのだが、本当はこれほど詳細で具体的な細部を持つ物語を、頭から尻尾《しっぽ》まで何の根拠もない作り話と決めこむほうが、よっぽど非科学的なのである。

神話を政治的に利用した時代の極端な解釈から離れてみれば、『古事記』はいま世界中の映画観客の心を捉《とら》えているVFXの超大作とおなじく、まことに壮大な**ファンタジー**で、頗《すこぶ》るスリリングな**アドベンチャー・ロマン**であることが判明する。

それればかりではない。『古事記』はそれまでわが国に存在しなかった文語としての**日本語**——即ちわが国の国民に共通の言語を確立した点に、最も重要な意義があったのだ。

（一）

昭和前期の言語学界に、彗星《すいせい》のように現われて彗星のように去って行った一人の天才言語学者がいた。金田一春彦によれば、

「家父・金田一京助は、生前、有坂秀世《ひでよ》博士を評して、あれは百年にひとり生まれる言語学者だと推称していた。橋本進吉博士は、自分の後任東大国語学主任教授として白羽の矢を立てたが、病弱の故をもって辞退され、口惜《くや》しがっていたと聞く。有坂博士は健康に恵まれず、生涯の半ばを病床で送られ、満四十三歳の若さで他界されたことは、いくら惜しんでも惜しみきれない」

有坂秀世がいかに早熟の天才で、『古事記』の研究においてもどれほど重要な足跡を残したかを理解するには、前記の文中に出てくる橋本進吉博士の「上代特殊仮名遣《じょうだいとくしゅかなづかい》」理論について、まず知らなければならない。

橋本進吉は、東京帝大の助手だった三十四歳のとき、本居宣長の門人石塚龍麿《たつまろ》の研究をもとに、奈良時代の大和地方の言語は、現在の六十七よりずっと多い八十七の音節を区別する音韻体系を持つものであったとする「上代仮名遣」理論を発表した。

その数年後に、東京府立一中に入学した有坂秀世は、三年生のころから国語音声学に尋常でない興味を持ち始め、四修（旧制中学四年終了）で受験した一高文科乙類に合格

して入学すると、行阿《ぎょうあ》（鎌倉時代の歌学者・語学者）、契沖《けいちゅう》（江戸前期の国学者・歌人）、本居宣長の古典を次次に読破し、上代の仮名遣いについて独自の研究を進めていく。

契沖は「い」と「ゐ」、「え」と「ゑ」、「お」と「を」などの万葉仮名が、平安中期までは画然と遣い分けられていて、混同されることが決してない、という事実を発見した。

宣長は、「伊韋延恵於袁《イヰエヱオヲ》」の書き分けは、もともと発音によるもので、平安中期以降に失われるこの区別が、古事記と日本書紀と万葉集においては正しくつけられており、古事記においてことに正しい、と説いた。

一高から東京帝大文学部言語学科に進んだ有坂秀世は、「奈良朝時代に於《お》ける国語の音韻組織について」を卒業論文として提出したあと、大学院に入ったが、間もなく肺結核で鎌倉の療養所への入院を余儀なくされたため、一年近くのあいだ病床で音声学の研究を続け、退院からおよそ二十日後の昭和七年八月一日、二十三歳で画期的な論文『古事記に於けるモの仮名の用法について』を書き上げた。

そのなかで、秀世は『古事記』の筆録者である太安万侶《おおのやすまろ》について、こう述べた。

『古事記』においてモの仮名には二類あって、毛の用例は四十八個、母の用例は百五十余個におよんでいるが、両者は截然《せつぜん》と使い分けられていて、一つの例外もなく、もしも、「安万侶自身が毛と母とを音韻上区別していなかったならば、古語や古歌を写すに当り、二百有余の用例の中で一つや二つ混用の例を作ら無い筈《はず》はない。結局、どう考えても

『古事記』における毛と母の使い分けは、安万侶自身の言語に存した音韻上の区別に基くものであったと考えるより外は無いのである」

　この発見はどういう意味を持つものであったのか――。秀世は安万侶について、さらにこう記す。

『古事記』における毛と母の書き分けは、安万侶自身はっきり意識して行なったものと考えられる。（記からわずか八年後に撰進《せんしん》された日本書紀では、早くも両者が完全に混用されている）

　記の撰進後十一年にして没した安万侶の享年は不明だが、とくに命じられて撰録にあたるくらいの人ならば、学識において一代に聞こえていることは勿論《もちろん》、当時すでに相当の年輩であったことも想像するに難くない。

　音韻状態の変化しつつある過渡期において、一般の人々には忘れられてしまった音韻上の古い区別が、少数の高齢者にのみ記憶されていることは有り得《う》べきことである……。

　この論文は、素人には容易に測り知れないほど、上代の音韻に関する緻密《ちみつ》で深遠な立証と解明がなされているのだが、少なくともここに紹介した一点にかぎってみても、つまり何十年も前の音韻で朗誦《ろうしよう》し歌唱する稗田阿礼《ひえだのあれ》の言葉を、全て正確に聞き取って一字の誤りもなく筆録できるのは、太安万侶しかいなかったわけで、「古事記は後世の偽書である」という説を、根本的に否定する最重要の根拠となるのである。

（二）

太安万侶についても、かつてはその実在を疑う説があったのだが、昭和54年1月22日、奈良市の農業竹西英夫さんが、裏山の茶畑から、「朝臣《あそみ》安萬侶」の名前と没年月日が刻まれた銅版の墓誌と遺骨を偶然に発掘し、翌日の午後、奈良県立橿原《かしはら》考古学研究所が発表したこのニュースを、たとえば24日の毎日新聞（東京本社）朝刊は、「太安萬侶の墓発見」という大見出しの一面トップ記事で報じた。

また社会面には、「正書」「偽書」それぞれの論者の談話が紹介され、岩波文庫『古事記』の校注者倉野憲司は、「事実とすれば、安萬侶がまぎれもない実在の人物であることの物証であり、古事記偽書説はこれで否定される。正書説の私としては、百万の味方を得た思いだ」と語った。

さて、実在が証明された太安万侶を、そのとき新聞に書かれていた通り、『古事記』の「編者」と認識している人は、いまも少なくないのではなかろうか。

そうではない、と考える当方には、動かし難いとおもわれる理由が幾つもあって、その第一は、撰録が普通あり得ないほどの短時間で完成されたことである。

序文に明記されている通り、元明女帝から太安万侶に撰録の命が下ったのが、和銅四年（七一一）九月十八日、撰録を終えて献上されたのが、翌和銅五年正月二十八日。

僅《わず》か――と敢《あ》えていうが――四箇月余りで、あれほど壮大で複雑な神話や伝承や歌謡の種種《くさぐさ》を、天地の開闢《かいびゃく》を告げるわが国の創世記から、推古天皇の時代（六世紀末〜七世紀初）に至るまで、大河のように一貫して流れる基本の構想に従ってまとめ上げることが、果して可能であろうか。

調べて物を書くことが多い者の実感として、断じて不可能であるとおもわずにはいられない。まして安万侶はその四箇月余のあいだ、後に詳述する通り、漢字による和語と和名《わみょう》の表記に、並並ならぬ鏤骨《るこつ》の苦心を重ねる毎日を送っていたのである。

だいたい皇統の正統性の証明を主要な目的の一つとする物語を編修するにあたり、その基本線に沿った話柄を数多《あまた》の史料から取捨選択して、一本の筋に集約する裁量の権限が、一介の官僚（安万侶のことである）に許されていたなどということが、土台あり得るだろうか。

そう考えれば行き着くところは明白であろう。第一章に書いた通り、天武天皇の崩御《ほうぎょ》から二十五年のあいだ、原作者の基本の構想と遺志を受け継ぎ、口頭での誦習と脳裡《のうり》での推敲《すいこう》を繰り返し重ねてきた稗田阿礼によって、文字になる前の『古事記』は、すでに完成されていた。だからこそ四箇月余での撰録が可能であったのだ。

太安万侶が果たした役割は、稗田阿礼が朗唱する物語を、漢字で書き表わすために、ありとあらゆる工夫を凝らしたことである。

序文において、かれはその苦心と努力のほどを、こう述べる。

上古の時、言意《ことばこころ》並びに朴《すなお》にして、文を敷き句を構ふること、字におきてはすなはち難し。已《すで》に訓によりて述べたるは、詞《ことば》心に逮《およ》ばず、全《また》く音をもちて連ねたるは、事の趣《おもむき》更に長し。ここをもちて今、或《ある》は一句の中に、音訓を交へ用ゐ、或は一事の内に、全く訓をもちて録《しる》しぬ。

（上古の時代は、言と意がともに朴で、漢字で文章に書き表わすのは、はなはだ難しい。漢字の訓だけを用いて記せば、言が心に及ばず、さりとて音のみを連ねて、事の成行きを伝えようとすれば、文がやたらに長くなる。そこで、ある場合は一句のなかに音訓をまじえて用い、ある場合は訓のみで記す方法を併用した）

このくだりから当方には、漢字による和語と和名の表音と表記に、実際に苦心惨憺《くしんさんたん》した太安万侶の切実な肉声と、最終的に味わった満足感の吐息が聞こえてくる気がする。そしてまた上古の人の言と意を「朴《すなお》」と感じ取ることができたのは、安万侶自身も愚直なまでに朴な気質の人であったからに違いないのである。

この述懐を「安萬侶の独創的な文字表記論」と高く評価した『古事記』研究の権威西《にし》

宮一民《みやかずたみ》（皇學館大学元学長）の解説を要約して紹介しよう。安萬侶は、——漢字をその機能に基づいて、正訓字《せいくんじ》（意味を表わす機能）と仮名（音を表わす機能）とに分け、文字を連ねて書く上で音訓交用表記と変体漢文体表記（訓専用）とを併用し、なお各種の注記を施した。

変体漢文体とは、漢文体を下敷きにしてはいるが、目的は日本語文を表現することにあって、〃鬼と（ヲ・ニ・ト）会えば返る〃式の返読を、短句単位に積み重ねて行く方式をいう。したがって読んだ結果は日本語文になっている。

これはもはや中国人の言語や思想を借りたものではなく、漢文訓読の結果が、すでに古代の日本語文になりきっているものである。

安萬侶は、これらの文体と表記を駆使して、『古事記』の「本文」を記定した。これは日本の古代を語るために、漢文体を借りずに古語・古意で表記しようとする創造的精神から生れたものなのである。……

このような文体の創造が、当方には、遥《はる》かな昔から長年にわたったわが国の漢字受容の苦戦と健闘の歴史を、四箇月余の短い期間に凝縮したもののようにおもわれる。

（三）

わが国の漢字受容に費やされた長い歴史を、有坂秀世は講師を務めた大正大学専門部高等師範科国語漢文科の講義において、概略つぎのように説いた。
――我国の上古には未《いま》だ文字がなかった。我国人は漢字により初めて文字を知った。最初漢字を知り、漢文を書いたのは、主として帰化朝鮮人及びその子孫であった。彼らも子々孫々に至っては全く本来の内地人《ママ》と同じく、日本語を母語として話していたものと思われる。元来朝鮮には漢語及び漢文に朝鮮語を当てて読むことが古くから行なわれていた。（漢字の音訓を借りた朝鮮語の表記法が「吏読《りと》」――引用者）
我国にも漢字漢文が伝わり、次第に訳解や使用に習熟するに及んで、漢字とそれに相当する固有語との間に直接緊密な関係を結び、漢字の読み方として、音と並んで訓というものを生じたことは、朝鮮における事跡と殆《ほとん》ど同様である。即ち漢字は我国では早くからもはや外国の文字ではなくて、直接日本人に固有の観念を表わすものとして使用されていたのである。又、所謂《いわゆる》かえり点は、平安期以降、徐々に発達して来たものであるが、漢文を日本語の形に改めて読まんが為《ため》に語序を検討して読む所の所謂倒読法は、推古朝以前からすでに存在していたのである。
万葉仮名は、もと漢文に含まれた外国の地名を音訳すること――音訳法から生まれたもので、最も古くは我国の地名や人名を写すことから起こったのだが、その後その使用範囲は次第に拡張されて、固有名詞ならずとも、漢語で訳し難いような日本語彙《ごい》を表わすのにも使用されるようになった。和歌はこの種の翻訳困難な語彙を多く含むものであるが、我国人の真情を吐露する手段として、漢語や漢文に束縛されない自由な表現が要求されるのは当然であるし、殊《こと》に国語の音の形を間違いなく写し出す為に、自然とその和歌の全文を万葉仮名で記すことが行なわれるようになった。

和歌は朝廷に於いても大いに重んぜられ、御宴《ぎょえん》や行幸《ぎょうこう》の際に臣下から和歌を奉ることは、古くから行なわれており、奈良朝時代に入ると、貴族階級の間には社交上の儀礼として和歌を贈答したり、宴席で和歌を詠んだりすることが広く行なわれるようになった……。

このような社交儀礼として和歌が交わされる現場は、額田王《ぬかたのおおきみ》と大海人皇子《おおあまのおうじ》（天武天皇）の機知に富んだやりとりを例に引いて、第一章に示した通りである。

和歌はわが国固有の儀礼や遊興や風土と分かち難く結びついており、複雑微妙な暗示や隠喩《いんゆ》や、洗練された遠回しの繊細な表現に満ちているので、歴史の異なる漢文で表わすことは到底不可能だ。

秀れた歌人である天武天皇が、漢語文化の夥《おびただ》しい流入と影響に圧倒されて、このまま何もしなければ消え去ってしまうかもしれない古語と古歌を惜しみ、これをなんとか保存して後世に伝える方法はないものか……と苦慮して、さまざまな方法を工夫したであろうことは、『古事記』が達成した卓抜な成果から考えて疑うことができない。

天武天皇は、後世に伝えることを主眼とした『古事記』の制作意図からして、とうぜん撰録までを視野に入れていた筈で、その場合、幾多の先人の厖大な苦心が営々と積み重ねられてきた漢字受容の長年の歴史を踏まえて、漢字を仮名として本字と併用し、さらに短句単位に返読を繰り返す変体漢文体表記と交用することも、基本の方針として初期の段階から決めていたと考えられる。稗田阿礼はその方針も詳しく筆録者に伝えたであろう。

全文漢字で記されているが、音訓交用表記と変体漢文体表記を併用する『古事記』の文体は、わが国の漢字仮名交じり文の原型である。

太安万侶が序文に、

「謹みて詔旨《おおみこと》の随《まにま》に、子細に採り摭《ひろ》ひぬ」

と記した「随《まにま》に」を、文体の根本的な指示もふくめたものとして当方は読む。ここでもやはりそれゆえにこそ四箇月余での撰録が可能であったと見るのである。

その根本的な指示を実現するためのさまざまな工夫に、安万侶は持ち前の朴実な性格から、愚直なまでに細かく気を配り、夜を日に継いで苦心惨憺したのに違いない。

その結果として起こったのは、八世紀初頭の当時から二十一世紀の今日まで続く話し言葉（音声言語）と書き言葉（文字言語）の双方の働きをそなえ、公用語として官民の別なく、国民全体に通用する和語――すなわち「日本語」の誕生であった。

日本人の自己同一性は、人種でも住所でもなく、日本語を母語とする事実によって決定されるとすれば、それは『古事記』によって確立されたのである。

漢字という異国の文字を受け入れるところから始まったこの言語の再創造は、他者を包容することによって進化するわが国の文化の二元的な構造を、なによりも具体的に示す根本の軌範といってよいであろう。

天武天皇がそれまで存在しなかった文語としての日本語の父であり、難産のすえに健《すこ》やかな第一子を無事出産した太安万侶が母であるといっても、決して過言ではあるまい。『古事記』は文語としての日本語で書かれた最初の作品で、わが国の文学はここから始まった。

天武天皇と稗田阿礼と太安万侶。三者三様の群を抜いた個性と才能と努力の奇跡的な組合せが、語り出しから王者の風格を感じさせる堂堂として簡潔な文体においても、全体の構想と規模の雄大さにおいても、細部における情の濃《こま》やかさやユーモアの秀逸さにおいても、わが国の文学の夜明けを告げるにふさわしい劇文学の傑作を生み出したのだ。漢字の音だけを連ねて綴《つづ》る『古事記』の和歌の文体は、『万葉集』の先駆をなす。『古事記』の撰録がなければ、あるいは『万葉集』も出現しなかったかもしれない。

かりに『古事記』と『万葉集』が、ともに存在しなかった場合を想像してみれば、実際にはあのように潑溂《はつらつ》として率直で豊饒《ほうじょう》な人間味に溢《あふ》れ、宇宙的な広がりを見せていたわが国古代の壮大にしてかつ繊細な光景が、後代の目にいかに索漠として空疎なものに映ったか、当方があらためてくどくどしく述べるまでもないであろう。

（四）

古くは「大嘗《おおにえ》」も「新嘗《にいなめ》」も同じ意味の言葉であったが、即位後最初のそれを「大嘗祭《だいじょうさい》」として、一世一代の大祭としたのは、天武天皇である。

以後、天皇がその年の新穀を神に捧《ささ》げ、自らも食して、神としての再生を果たす「毎年《としごと》の大嘗《おおにえ》」「新嘗祭《にいなめのまつり》」と区別され、「毎世《よごと》の大嘗」「大嘗祭」として、皇室最大の祭典となった。

天武天皇によって定められた大嘗祭の祭儀の構成がまた、まことにこの天皇らしいのである。

大嘗祭の中心祭場である大嘗宮《おおにえのみや》は、広大な敷地を中籬《なかまがき》（垣）によって二つに仕切られ、東側は悠紀院《ゆきいん》、西側は主基院《すきいん》と呼ばれた。

悠紀院、主基院の正殿は、所司《しょし》（神祇官《じんぎかん》）によって卜定《ぼくじょう》された悠紀・主基それぞれの国郡で収穫された新穀を、天皇が聞こし召す嘗殿《にえどの》で、悠紀の国郡は都の東方、主基の国郡は西方から選ばれ、畿内から選ばれたことは一度もない。

悠紀、主基の名称の意味を説明すれば、ユキのユは「神聖な」、キは「酒」の古語、スキは「次」の意で、つまりその年の新穀に併せて御神酒《おみき》を献上する初日の国郡と、次の日の国郡が、卜占によって定められた訳だ。

大嘗祭には、美濃、丹波、但馬、因幡、淡路、出雲の諸国から、数人ずつの語部（その国の古詞《ふること》を奏する）が召集された。

天皇が悠紀院の嘗殿に入ると、悠紀の国の国司が、歌人（歌い手）を率いて入場し、前庭の所定の位置について、国風《くにぶり》（各地の風俗歌《ふぞくうた》と舞）を天覧に供する。翌日の主基院においても同様である。

このように皇室一世一代の大祭に、「地方」と「芸能」を重んじられたことが、いかにも天武天皇らしいのだが、天武朝の前期には、毎年の新嘗祭も後代の大嘗祭に匹敵する規模で行なわれていたようだから、これらの祭儀に召集される出雲の語部の朗唱を通じて、『日本書紀』には殆ど収録されておらず『古事記』神代篇《へん》の三分の一を占める出雲の国の伝承と歌物語を、天武天皇が聞かれた可能性は十分にあったとおもわれる。

稗田阿礼のほうは、天武天皇が崩御された後、持統《じとう》、文武《もんむ》、元明と、三代の天皇の大嘗祭に接しているから、それを詳しく知り得た可能性はもっと大きい。

千三百年以上前の当時から今日まで続く伊勢神宮の式年遷宮の始まりは、正史に記されてはいないが、さまざまな考証によって、天武朝の末期に考案され、持統朝の初期に第一回の遷宮が行なわれた——すなわち創始者は天武天皇である——ということに、専門の学者の意見はほぼ一致している。

天武天皇によって創始された式年遷宮とは、神儀（御神体）の御鏡が、敷地が隣接した旧宮と新宮のあいだの往復を二十年ごとに、そして無限に繰り返す永久運動というべきものである。

伊勢神宮に詣《もう》でて見れば、どの社殿に参っても、隣接する白い玉砂利が敷かれた広い空き地の中央に、ぽつんと建つ、まるで神社の小さな社殿か、気象観測用の百葉箱をおもわせる木製の小屋が目につく。

この空き地は、前の社殿が建っていたところで、次の遷宮のための敷地である「古殿《こでん》地《ち》」。中央の小屋は、社殿の中央に埋められた忌柱《いみばしら》を覆い隠す「心御柱覆屋《しんのみはしらおおいや》」だ。

伊勢神宮は、いまも解き明かされていない数数の謎《なぞ》を秘めた神社だが、その最大のひとつが「心御柱」である。

遷宮後も、それだけはそこに残されるが、何人も目にすることは許されておらず、次回の新宮はここを中心に建てられる。

古来、極めて重要な意味を持つ柱として神秘化され、神宮に伝わる『大神宮儀式解』にも、心御柱の「心とはナカゴ（中心）という意味であり、清浄な忌柱である。この柱を建てるのは重大な事で深い意味があり、猥《みだ》りに注《しる》すべき事ではない。またこの柱は天御量柱《あめのみはかり》（高天原《たかまのはら》の尺度で造られた柱）ともいうことで、空理を附会《ふかい》する説を立てることはよろしくない」と戒められてきた。

　敢えてその戒めを破って語れば――。

　稲作を至上の原理とする天孫族も、その新しい文明を手に入れるまでは、大八島《おおやしま》に住む他の部族と同様に、漁撈《ぎょろう》、狩猟、採集によって生きていた訳で、当時はこの人たちもまた海辺に住んでいたとすれば、きっと海上からも目立つように、巨木で支えられた高層の神殿を構築していたに相違ない。

　稲作という新文明を身につけて、新たな信仰を確立した天孫族は、その独自性を宣明するために、豊年満作を象徴する穀倉を模《かたど》った白木で低層の――それまでだれも見たことのない造型の神殿を創造した。

　けれども、完全に捨て去る訳にいかない古い信仰の対象であった巨木の中心の大黒柱は、「心御柱」として、新しい神殿の床下に密《ひそ》かに埋められた……というのが、当方の「空理を附会する説」なのである。

　二十年ごとに、旧宮から隣接する新宮へ移動する神儀（御鏡）の往復運動が、時計の振り子のように繰り返されるたびに、建物も神宝も装束も何もかも、誕生した時と寸分変わらぬ姿形に一新されて、完全に生まれ変わる。

　伝統と刷新、死と再生が見事に一致している点で、これはまさに奇跡的な制度であり、天才的な発明であるといわなければならない。

このようにたえず新生を繰り返して、肇国《ちょうこく》の初心に立ち帰るのが、わが国の本然の姿であって、「天《あめ》の石屋戸《いわやと》」神話や、遥かに時代を下って欧米列強の軍事力にわが国が曝されたさいの明治維新や、大東亜戦争敗戦後の現実に示されているように、その真価は国が最大の危機に遭遇したときにこそ、最も強く発揮されるのである。

時が経てば経つほど、ますます古く、ますます新しい。

すなわちわれわれは、「永遠」という超越的な観念が、この世に確かに実在することを、伊勢神宮において目《ま》の当たりにすることができる。

伊勢神宮の最高最大の魅力は、このように太古から今日まで、そして今日から未来へと無限に続く――わが国の生命の連続性と永遠性を、具体的に表象しているところにあるのだ。

旧宮から新宮への神儀の遷御《せんぎょ》は、『古事記』の「天の石屋戸開き」を儀式化したものである。

天照大御神《あまてらすおおみかみ》が石屋に身を隠されたとき、昼が夜に変わった地上には、ありとあらゆる禍事《まがこと》が起こった。いまのわが国の状態は、まさにこれだ。

だが、天照大御神がふたたび姿を現わすとき、すなわち生まれ変わった伊勢の新宮が、太陽の光を浴びて真《ま》っ新《さら》に輝く御姿《おすがた》を目にするとき、日本人は自分たちがどれほど深い迷いの闇の中にいたのかを翻然と悟って、失いかけていた活力を取り戻すだろう。

わが国の上代の歴史について、何の知識も与えられていなかった世代の人たちも、——日本というのは、これほど素晴らしい国であったのか……。

そう実感して、体の奥底から国を愛する心が湧《わ》き上がってくるのを覚えずにはいられまい。自分が生まれ育った国を愛する心！　それこそはありとあらゆる知恵と勇気と活力の源泉なのである。

平成二十五年の式年遷宮こそ、袋小路に入った日本を救う。当方はそう確信して疑わない。

（五）

「殯《もがり》」という言葉がある。古代の葬送の儀礼で、本葬まで貴人の遺体を棺《ひつぎ》に納め、別れを惜しんで、その霊魂を慰め、死者の蘇《よみがえ》りを祈りつつ、最終的な死を確認するに至るまでのかなり長い仮葬を意味し、その間、棺を安置する建物を「殯宮《もがりのみや》」と呼んだ。

『文学序説』の著者土居光知は、原始時代の劇は、この殯宮で演じられた歌舞から発生した、と考え、その例証に『古事記』から、高天原より高木神《たかぎのかみ》が放った矢を胸に受けて死んだ天若日子《あめのわかひこ》の——遺族による葬送の模様を、鮮明に描いた一節を引く（以下、字句の解釈は、本居宣長『古事記伝』による）。

すなはち其処《そこ》に喪屋《もや》を作りて、河鴈《かわがり》を岐佐理持《きさりもち》とし、鷺《さぎ》を掃持《ははきもち》とし、翠鳥《そにどり》を御食人《みけびと》とし、雀《すずめ》を碓女《うすめ》とし、雉《きぎし》を哭女《なきめ》とし、かく行なひ定めて、日八日夜八夜《ひやかよやよ》を遊びき。

喪屋は、屍《しかばね》を安置する仮屋、岐佐理持は、葬送のとき死者の食物を頭に頂いて行く人、掃持は、箒《ほうき》を持つ人、御食人は、喪のあいだ死者に食事を供える人、碓女は、米を搗《つ》く女、哭女は、声高く泣く女、遊《アソブ》とは管弦歌舞のたぐいをいい、葬送のときに楽《アソビ》をした例は『日本書紀』にも数数ある……と宣長翁はいう。

そして、『古事記』に書かれたことは全て事実と信ずる本居宣長が、葬送のわざをなぜみな鳥どもに任せたのかは解《わか》らない、と述べたのに対して、土居光知は、死者のまえで数日間、それぞれの鳥の物真似《ものまね》をしたのであろうと推測し、笑わせるために滑稽味を帯びていたのに違いないその所作の目的は、死者の魂を呼び戻すことにあったのに相違ない、と推量する。（それに当方の想像を付け加えれば、演者はおのおの鳥の仮面をかぶっていたのではないかとおもう）

さらに土居は溯《さかのぼ》って、神楽《かぐら》の起源とされる天宇受売命《あめのうずめのみこと》の「天の石屋戸」における踊りを、『日本書紀』が「巧《たくみ》に俳優《わざおき》す」と記したのを受けて、

「もし死者の霊をよび返さんとする殯宮の歌舞が天の石屋戸の神遊びと同様のものであったとすれば、我々はここに我国の演劇の起原を見ることができないであろうか」

と告げる。

そう考えれば、土居はそこまで明言はしていないけれども、天宇受売命の性的舞踊と、八百万《やおよろず》の神神の哄笑《こうしょう》は、この世を去った天照大御神を呼び戻すために、殯宮で行なわれた喜歌劇で、わが国最初の演劇であった……ということになるのである。

『古事記』を歌劇として見るとき、特徴的なのは、女性の歌唱が多いことだ。

国文学者三谷栄一はいう。

「一体記紀の歌謡の比較を通しても、古事記特有の歌謡には、女性の立場からの愛情が強調されているものが多いといえたのである。記紀の歌謡のうち、古事記独自の歌謡五九首中、その大部分は男女の求婚に関する歌物語で、三五首の多きを数え、他の歌とても（中略）女性との関係において存在するのが殆ど全てといってよい」

それに対し、『日本書紀』独自の歌は、殆どが男性の歌で、しかも戦闘とか時の人に関するものが多く、愛情の歌は極めて少ない。

女性の立場にたった歌が『古事記』に多いのは、本書が前半から述べて来た通り、稗田阿礼が女性であったことに起因するものとおもわれるが、それに加えて次のような事情も働いていたと考えられる。

天武天皇が崩御された後——。

三年目に病弱であった皇太子の草壁皇子《くさかべのおうじ》が薨去《こうきょ》したため、それまでの三年のあいだ称制《しょうせい》（皇太子に代わって執務）していた鸕野讃良《うののさらら》皇后が、正式に即位して持統天皇となった。

在位七年にして、寵愛《ちょうあい》していた孫の軽皇子《かるのおうじ》に譲位し、太上天皇となる。

十五歳で皇位を継いだこの文武天皇も病弱で二十五歳の若さで崩御したため、母の阿閉皇女《あへのひめみこ》（草壁皇子の妃《きさき》）が即位して、元明天皇となった。

つまり皇位継承者や天皇の病弱による途中降板で、女帝の臨時登板が相次ぐうちに、女性の立場に味方する後宮《こうきゅう》の力が、朝廷内で強まっていたせいもあったのでは……と考えられるのである。

宮廷歌人柿本人麻呂に「大君は神にしませば」と歌われ、実際に賢明で有能な君主であった持統帝の治世は、称制と上皇の時期を合わせれば十五年にわたった。朝廷の空気に影響を与えなかった筈がない。元明天皇が、稗田阿礼の誦習した勅語の撰録を太安万侶に命じたのは、即位後四年目のことである。

元明天皇が、撰録を命じていなければ、大和言葉で建国の由来を語った『古事記』は、この世に伝えられていない。天武天皇、稗田阿礼、太安万侶と並んで、元明天皇の功績もまた、まことに大きいといわなければならないだろう。

皇后と妃が住む後宮に仕えるのは、全国の国造《くにのみやつこ》や郡司から差し出された未婚の容姿端麗な姉妹や子女で、天皇に近侍して寝食に奉仕し、あるいは祭祀《さいし》に携わる女官たちだ。これら選ばれた独身の女性の集団生活のなかに、自分たちには許されなかった恋愛や結婚への強い憧《あこが》れが生じ、次第にそれを無上のものとして賛美し昇華する感性が育ったであろうことは、想像するに難くない。

女帝の治世が続く間に、異性間の愛情を尊ぶ空気が、後宮の女官たちから宮廷全体に流れ出したに相違なく、それは稗田阿礼を通じて、『古事記』に歴然と反映されている。

まさに大帝というべき天武天皇の崩御後、持統帝、元明帝と女帝の治世があった時期に、後宮に恋愛や夫婦愛を重んじて、本居宣長が日本人の心情の中心においた「物のあわれ」を解する感性が醸成され始めたことは、すでに『古事記』にはっきり表われており、それがやがて世界的な大文学の『源氏物語』を生み出す母胎ともなったものとおもわれるのである。

（六）

『古事記』神代篇とそれに続く神武天皇篇は、五人の若者の冒険譚《ぼうけんたん》と成長譚がつながる形で展開されて行く。

（一）伊邪那岐命《いざなきのみこと》、（二）須佐之男命《すさのおのみこと》、（三）大穴持神《おおなもちのかみ》、（四）火遠理命《ほおりのみこと》、（五）磐余《いわれ》彦命《びこのみこと》が、各篇の主人公で、いずれも女性が男性の成長に重要な役割を果たす。

これらの五人は、共通して実に率直でおおらかで、勇気と活力に満ち溢れ、決して危険を恐れない。全篇を貫いて流れるのは、天上にあっては太陽、地上にあっては男女の愛が、ありとあらゆる生命の根源をなす……という思想で、とりわけ『古事記』神代篇は、太陽と男女の愛と生命力の賛歌であるといってよい。

（一）の伊邪那岐命は、火の神を生んだことで御陰《みほと》を焼かれて世を去った伊邪那美命《いざなみのみこと》を追って、黄泉国《よみのくに》へ向かう。そして黄泉国で見た伊邪那美命の姿は、次のように語られる。

蛆《うじ》たかれころろきて、頭《かしら》には大雷《おおいかずち》居り、胸には火雷《ほのいかずち》居り、腹には黒《くろ》雷居り、陰《ほと》には拆《さき》雷居り、左の手には若《わか》雷居り、右の手には土《つち》雷居り、左の足には鳴《なり》雷居り、右の足には伏《ふし》雷居り、并《あわ》せて八《や》はしらの雷神《いかずちがみ》成り居りき。

その姿が、さながら大噴火のあと、溶岩流が幾筋も流れ落ちる山容を象徴しているように感じられたことから、伊邪那岐命と伊邪那美命が最初に暮らした土地を、火山地帯と当方は想定して、第二章のように脚色したのである。

冒頭の「蛆たかれころろきて」は、蛆がたかって転がり蠢《うごめ》いているという意味だ。仏教が説く極楽浄土の観念を知る以前の古代人には、愛する相手が突然いっさいの生気を失い、動きを止めて、次第に醜く穢《けが》れ、悪臭を放って腐敗して行く死の過程が、世にも

おぞましい恐怖と嫌悪を掻《か》き立てる光景としか見えなかったろう。（古代人にとって「穢れ」とは「気枯《けが》れ」であった）

黄泉国から命からがら逃げ帰った伊邪那岐命は、「吾《あ》は、目にするも厭《いと》わしく醜い穢れた国に身を浸してしまった」と述懐する。

夫に先立った伊邪那美命は、身をもって死の恐ろしさを伊邪那岐命に知らしめ、逆説的に生命の貴重な価値を悟らしめたのである。

伊邪那岐命は、身についた死の穢れを祓《はら》い清めるために、日向《ひむか》の海に注ぐ川の中つ瀬で禊《みそぎ》を行なう。

そして禊の過程において多くの子を生み、最後に三柱《みはしら》の貴き御子《みこ》を得たとき、天照大御神には「高天の原を知らせ」、月読命《つくよみのみこと》には「夜の食国《おすくに》を知らせ」、須佐之男命には「海原《うなばら》を知らせ」と命じた。

これは、天照大御神には祭事と占術を執り行なう斎場を、月読命には天文と暦法を、須佐之男命には海人族《あまぞく》を、それぞれ司《つかさど》るよう命じたものとおもわれる。（三柱のなかで、月読命の影がなぜか不思議なくらい薄れてしまったのは、格段に秀れた暦法が中国から渡来して以降、その権威がすっかり失墜したためとも推量されよう）

冒頭に挙げた五人の若者のなかで、（二）の須佐之男命は出雲国で櫛名田比売《くしなだひめ》に、（三）の大穴持神は根《ね》の堅州国《かたすくに》で須勢理毘売《すせりびめ》に、（四）の火遠理命は海底の綿津見宮《わたつみのみや》で豊《とよ》玉毘売《たまびめ》に、(五)の磐余彦命は大和で伊須気余理比売《いすけよりひめ》に出会い、男女の愛の尊さを知って大きく成長する。

五人の若者の成長譚は、冒険小説であり、恋愛小説でもあったのである。

(七)

平成二十三年の元旦《がんたん》、筆者はまだ薄暗い伊勢神宮内宮《ないくう》正門の大鳥居の前にいた。

北半球において、正午における太陽の高度が一年中で最も低く、夜の時間が最も長くなる「冬至」の夜明けに、ここ伊勢神宮では、内宮正門の大鳥居の中央と、その先に伸びる宇治橋の道と、向こうの島路山《しまじやま》から昇る太陽とが、ぴったり一直線上に並ぶ。したがって朝日が、完全に正門大鳥居の中心に位置して四方に光を放つ。これは「天の石屋戸開き」を象徴する光景である。

この一事をもってしても、太陽と水と森の聖地である伊勢神宮の構図が、遠い古代においてすでに、どれほど正確な天文の知識と、精密な設計思想と、深遠な哲学に基づいて発想されたかが察せられるであろう。

前年の冬至は十二月二十二日であったが、その前後二箇月は、朝日を完全に中心ではないにしても、大鳥居の枠内に収めて望むことができる。

午前七時四十四分――。

雲が殆どない晴天の下、初日が島路山から顔を出し、燦燦《さんさん》たる光の箭《や》が大鳥居の中を真《ま》っ直《す》ぐに飛んで来て、振り仰ぐ目に眩《まばゆ》く突き刺さった。それは伊勢神宮の設計者と筆者が直接に結ばれた瞬間であった。

法制史家の瀧川政次郎《たきがわまさじろう》博士の実地調査に基づく考察によれば、伊勢神宮を五十鈴川《いすずがわ》に沿った現在の広大な森のなかに造営されたのは、天武天皇である。

それ以前は、伊勢市の西部を流れる宮川《みやがわ》の遥か上流に位置する瀧原宮が内宮本宮で、大海人皇子が壬申《じんしん》の乱の兵を起こしたとき、朝明郡《あさけのこおり》の迹太川《とほかわ》の河口付近から戦捷《せんしょう》を祈願して遥拝されたのは、この瀧原宮であると瀧川博士はいう。

壬申の乱に勝利を収め、天武二年（六七三）二月二十七日に飛鳥浄御原宮《あすかきよみはらのみや》で即位すると、天武天皇は伊勢神宮を名実ともにわが国の総鎮守にふさわしい壮大な規模と緻密な構図を併せ持つ神域とするため、四月十四日には大来皇女《おおくのひめみこ》を伊勢神宮の斎王《いつきのみこ》に定めて、まず泊瀬《はつせ》（奈良県桜井市初瀬《はせ》の古称）の斎宮《いつきのみや》に住まわされた。

皇女がここととそれに続く野宮《ののみや》（浄野に設《しつら》えられた仮宮）で二年以上も厳しい潔斎の時を過ごして、神に近づくためだ。この期間に現在地の伊勢神宮の造営が行なわれたのであろうと、瀧川博士は想定するのである。

伊勢神宮の宮域は約五千五百町歩《ちょうぶ》で、東京都世田谷区の面積にほぼ等しい。広大な宮域を一面に覆う緑のなかに、内宮、外宮《げくう》の両正宮から、別宮、摂社《せっしゃ》（『延喜式《えんぎしき》神名帳』に記載されている神社）、末社《まっしゃ》（『延暦《えんりゃく》儀式帳』に記載されている神社）など合わせて大小百二十五の――祭神がそれぞれに違いながら、基本的に共通の形式で統一された社殿が、点点と散在している全容を、総称して「神宮」（伊勢神宮の正式名称）という。

お伊勢参りは、外宮から内宮へ、というのが古来の習わしである。平成七年三月二日、還暦を過ぎて初めて遅《おく》れ馳《ば》せの参宮をした筆者は、最初にお参りした外宮御正殿《ごしょうでん》の印象を、当時ある雑誌にこう記した。

「二年前の一九九三年に式年遷宮が行なわれたばかりで、しかもよく晴れた日であったから、屋根の上の千木《ちぎ》と鰹木《かつおぎ》の金色《こんじき》の部分が眩《まぶ》しいほど光り輝き、まだ真新しい白木の肌の匂いが風に乗って伝わってくるようだ。余分な装飾をいっさい省き、徹底して簡素を極めて、凜然《りんぜん》たる気品と、縹渺《ひょうびょう》とした神韻を漂わせる端正な建築美は、日本独特の美のひとつの典型といってよいであろう。遠い古代に原型が作られたこれらの建築を超える美しさを、以後のわが国は生み出していない、と感じられるくらいだ」

その素人考えを裏付けるかのように、これより七十年ほどまえ、戦前のドイツを代表する世界的な建築家で、ナチスに追われた亡命の旅の涯《はて》に、日本へやって来て、伊勢神宮に参ったブルーノ・タウトは、著書（『日本美の再発見』篠田英雄訳）にこう記していた。

「はるかな古《いにし》えに遡り、しかも材料は常に新しいこの荘厳な建築こそ、現代における最大の世界的奇蹟《きせき》である」

「あたかも天から降《くだ》った神工のようなこの建築を如実に描くことは（写真やスケッチを堅く禁じられているので）まったく不可能である。この形の完成したのがいつの時代であるかも知られていない。しかし材料からいえば、これらの神殿は決して古くない。二十年目ごとに造替《ぞうたい》せられているからである」

「最初に造営した建築家の名はまったく知られていない。だがこの形式こそ、日本の国民に与えられた貴重な贈物である」

筆者自身の感想に戻れば、外宮御正殿の単純で素朴で、しかも雄渾《ゆうこん》な構造と外観から受けた衝撃は、続いて樹間の石段の道を辿《たど》って、次次に観て回った外宮別宮の小さな社殿の、すこぶる細やかな佇《たたず》まいによって、さらに深められた。

多賀宮《たかのみや》、土宮《つちのみや》、風宮《かぜのみや》。

なんという詩的な呼び名であろう。

石段のいちばん高いところにある多賀宮は、昔は「高宮」と書かれた。土宮と風宮の社殿は、世界中の神殿のなかでも最小級とおもわれるくらいに小さいけれど、土と風という名前に秘められた大自然の力は、最大級といってよいであろう。

世界中のあらゆる神殿と聖堂は、おおむね圧倒的な規模の大きさと、多彩な装飾のきらびやかさによって、観る者を威圧する。これはどの国の、どんな宗教にも共通していえることだ。

ところが、伊勢神宮の建物は、極めて簡素で、規模も小さく、基本の造型と素材の美しさだけで構成されている。

この神殿と、それを取り囲む太古の姿のままの広大で深遠な森との対比を見れば、設計者がいかに自然そのものを崇め敬い、尊んでいたかは一目瞭然《いちもくりようぜん》であろう。

外宮から内宮へ行って、言葉を失うほど驚いたのは、表参道に聳《そび》え立つ大杉の幹の呆《あき》れるほどの太さと、天を衝《つ》くような途轍《とてつ》もない高さであった。

周囲の森の、樟《くす》、樫《かし》、椎《しい》……など、どれもみなこれまで一度も目にしたことがないくらい圧倒的な大樹で、昼なお暗いなか、それらから発せられる濃密な霊気につつまれて歩を進めるうちに、ここは確かに神域であると信じられ、身も心も清められて行く実感がある。

天地《あめつち》の中心をなす太陽の現《うつ》し身《み》——天照大御神を祀《まつ》る内宮御正殿正面の長い石段を登って行き、通常は白い幕が垂れ下がって内部を見通せない外玉垣南御門前の拝所に立って、柏手《かしわで》を打って拝礼し、そこから先へ一般人は入れないので、直接目にすることができない御正殿は、玉垣の彼方《かなた》に見える最上部だけの御姿に、外宮で遠望した御正殿の外観の記憶を継ぎ足して、全体像を想像してみるしかない。

筆者の脳裡で、素材をすべて単純明快な直線で構成して、色彩と余分な装飾を潔癖に排し、もとは稲倉であった機能性と合理性のみを徹底的に追求して、しかもなお目には見えない深遠な精神性を鮮明に意識させる木箱型の——白木の壁と柱の上に、急角度の大きな茅葺《かやぶ》きの屋根を頂いた御正殿は、天の一角を鋭く指して長く高く伸びる千木（切《き》妻屋根《つまやね》の破風《はふ》の尖端《せんたん》）をアンテナとし、床下に埋められた「心御柱」をアースとして、森と空、ひいては宇宙全体と交信している霊的なラジオであるかのようにおもわれた。

（八）

伊勢神宮の内宮と外宮の御正殿の建築形式は、日本中の他の神社のどれとも全く似ていない。

おそらく日本人の多くは、通常目にする神社の建築様式に、どこか違う……という微妙な違和感を、無意識のうちに本能的な皮膚感覚で覚えずにはいられなかった筈だ。

だが伊勢神宮だけは別で、わが国においてこれだけはまさしく自分の皮膚感覚にぴったり合う唯一無二の造型である、と実感される。古さが少しも感じられず、生まれて初めて観るもののように新しい。中国、朝鮮の影響を受ける以前のわが国の文化は、ここまで顕著な独自性を持っていたのだ。

伊勢神宮の建築形式は、出雲大社に代表される「大社造《づくり》」、住吉《すみよし》大社に代表される「住吉造」に対比して、「神明造《しんめいづくり》」といわれる。

神明造の特徴は、柱を地面に直接建てる掘立柱、頂部の水平部分である棟から両方に流れを持つ（書物を半ば開いて伏せた形の）切妻屋根、その屋根の表面がこちら側から見える側に入口がある平入《ひらいり》で、起源である弥生時代の高床式倉庫から変化して、穀物のかわりに神宝を納めて祀る社になったものとおもわれる。

屋根はもともと茅葺きで、仏教の伝来とともに渡来した寺院建築の瓦屋根《かわらやね》と、この点において外観が最も著明に異なる。

そして、伊勢神宮の皇大神宮《こうたいじんぐう》（内宮）と、豊受大神宮《とようけだいじんぐう》（外宮）の両宮の御正殿の様式は、神明造の他社もこれと完全に同一化するのを憚《はばか》って真似しなかったため、特別に「唯一神明造」といわれる。

筆者が最初に詣でたとき、自分の皮膚感覚にぴったり合う唯一無二の造型……と実感したのは、建築学的に証明されることであったのだ。

「唯一神明造」の作者が天武天皇であったとまではいわないが、約五千五百町歩の広大な森のなかに、全国から集められた摂社、末社をふくめて点在する大小の社殿の形式を、全て神明造で統一し、それらの中心をなす内宮と外宮の御正殿の建築形式を、現在われわれが目にする通りの御姿に定めたのが、天武天皇であったことは疑えない。

なぜなら天武天皇によって発想され、持統天皇四年（六九〇）に始まった式年遷宮は、材料も外観も原型と寸分違《たが》わず再現するのが根本の鉄則だからである。

ブルーノ・タウトは「最初に造営した建築家の名はまったく知られていない。だがこの形式こそ、日本の国民に与えられた貴重な贈物である」と述べたが、その贈主が天武天皇であったとは確かにいえるだろう。（伊勢神宮を初めて訪ねた日の日記〈篠田英雄訳〉に、タウトはこう記した、世界に冠絶する唯一独自のこの古典的建築は「定めて天皇そのものと同じく天から降ったものであろう。実際、そうとしか考えられない、それほど施工と釣合とは純粋無雑《ぶざつ》であり、また材料は常に新しくてこのうえもなく浄潔なのである」「伊勢神宮には古代のままの詩と形とが今なお保存されている」と）

さらに、一年中で夜が最も長い冬至の夜明けに、「天の石屋戸開き」を象徴して、昇る朝日と宇治橋と内宮正門の大鳥居の中央とが、ぴったり一直線上に並ぶ事実から明らかなように、正確な天文の知識と深遠な哲学に基づいて、神宮全体の基本的な設計をされたのが天武天皇であることも疑う余地がない。

権威と権力をはっきり二つに分けてきたわが国の政治の歴史で、天智朝に続いて例外的に両者が完全に一致した天武朝において、これほど壮大な規模の計画を発案し、細部まで綿密に指図できるのは、天武天皇以外にあり得ないからだ。

伊勢神宮もまた『古事記』と同様に、官僚の会議からは生まれる筈がなく、天武天皇御一人の脳裡におもい描かれた構想から全てが始まった「作品」なのである。そして天武天皇が発明した式年遷宮がなければ、伊勢神宮の今日の隆盛はあり得なかったろう。

『古事記』は和語と漢字を見事に融合させたところから生まれたわが国最初の文学であった。

昔の日本では、どの家にもたいてい神棚と仏壇と両方あった。この形は、神道の原理主義者ではなかった天武天皇の「諸国《くにぐに》に、家毎《いえごと》に、仏舎《ほとけのおおとの》を作りて、乃《すなわ》ち仏像《ほとけのみかた》及び経《きょう》を置きて、礼拝供養せよ」という詔《みことのり》に始まっている。

天武天皇によって創始された大嘗祭の祭殿は、都の東方の国のための悠紀殿と、西方の国のための主基殿と二つあった。

このように祭祀の中心となる場所を、一箇所に限定せず、二箇所に分けておき、それを交替させて交互に生かすことによって、新鮮さを永遠に保とうとするのが、天武天皇のだれにも似ていない思考法の最大の特徴なのである。

和語と漢字。

神と仏。

天津神と国津神。

高天原と出雲国。

唐楽・高麗楽《こまがく》と国風歌舞。

このように異質で相反する要素の和《やわ》らかな共存を図って、唯一の価値観に偏らず、二つの中心を持ついわば楕円形の国家を形成しよう、というのが、天武天皇の願った理想の「和」の国の姿であった。

古代から現代に及んでさらに未来へと続く遷宮制度の恐るべき生命力からして、天武天皇の精神活動の本質は、二つの中心の間を限りなく行き来する、往還の永久運動である、ともいえる。国史上最高の天才と称して不思議はないであろう。

天武天皇が創始した大嘗祭は、実質的に践祚《せんそ》（即位）の儀式であるところから、践祚大嘗祭とも呼ばれる。史上最初の践祚大嘗祭で、それを神に捧げて食することによって神としての再生を果たす新穀を体内に納めたとき、天武天皇は御自《おんみずか》らが天地《あめつち》の中心をなす太陽の現《うつ》し身《み》――天照大御神の直系の子孫であり、さらに遡れば目には見えない天《あめ》之御中主神《のみなかぬしのかみ》が最も原初の祖神であることを、あらためて確信されたであろう。

『古事記』の読者は、このあとふたたび引用する冒頭の一節を、目で文字を追って黙読するだけでなく、最初の朗誦がどのような声で、どのような調子で発せられたのかを想像しながら読んでいただきたい。真の『古事記』解読は、そこから始まるのである。

「天地初めて発《ひら》けし時、高天の原に成れる神の名は、天之御中主神。次に高御産巣日神《たかみむすひのかみ》。次に神産巣日神《かみむすひのかみ》。この三柱《みはしら》の神は、みな独神《ひとりがみ》と成りまして、身を隠したまひき」

あとがき

『古事記』がわが国最古の古典であることは、日本人の常識だとおもうが、それがどのようにして生まれ、どのような内容を持つ書物であるかを知る人は、そう多くはないであろう。

今年（平成二十四年）は、太安万侶《おおのやすまろ》が勅命を受けて撰録した『古事記』を、元明天皇に献上した年から数えて千三百年目にあたる。この「古事記一三〇〇年」に合わせて、当方が前に出した『天皇の誕生　映画的「古事記」』（集英社）と『「古事記」の真実』（文春新書）を一冊にまとめ、想を新たにして書き下ろしたのが、本書『古事記とは何か　稗田阿礼《ひえだのあれ》はかく語りき』である。

本書の眼目は、次の三点だ。

（一）『古事記』は歌劇である。
（二）稗田阿礼は女性である。
（三）原作者は天武天皇である。

何れも従来の一般的常識からは遠い考えだが、将来はこれが定説になるものと確信している。

それとともに、『古事記』が語る天地《あめつち》の初発《はじめ》から、神武天皇が大和で大后《おおきさき》を娶《めと》られるまでを、目に見えるように描いて、日本という国とその中心をなす天皇が、どのようにして生まれ育ったのかを具体的に解き明かす本書は、二千年の歴史を持つわが国独自の伝統と主体性が、急速に失われて行く史上に例のない危機的状況に陥ったいま、極めて重要な意義を持つものであることも強く訴えたい。

これを読んで、生まれ育った日本という国を深く愛し、強く誇りにおもう人が、一人でも多くなることを祈って筆を擱く。

長部日出雄

平成二十四年　夏

解説――にぎやかな鎮魂――

三浦雅士

二〇〇九年に刊行された長部日出雄さんの『「阿修羅像」の真実』に次のような一節がある。戦後、『大和古寺風物誌』や『美貌の皇后』などの著作で多くの読者に愛された批評家・亀井勝一郎が、戦前、東大の学生だった頃――実際には在学に疑問を感じ自主退学しているのだが――、治安維持法違反に問われて逮捕され、二年半ものあいだ収監された事件をめぐっての感想である。

「ここで筆者（長部）の感想を述べさせてもらえば、このときばかりでなく、亀井の行動は生涯を通じて、よくいえば生一本で純粋素樸、悪くいえば愚直で頑固――もっともこの二つの言葉を当方は必ずしも悪口とは考えないのだが――とでもいうべき気質に発していると感じられ、その足跡を追う折折に痛痛しいような気持がしないでもない。」

長部さんにはまことに申し訳ないのだが、この一節を読んで私は、正直、苦笑してしまった。長部さんに倣って「ここで筆者（三浦）の感想を述べさせてもらえば」、これではまるで長部さん自身のことを語っているようではないかと思えてしまったからである。「よくいえば生一本で純粋素樸、悪くいえば愚直で頑固」というのは、亀井勝一郎よりもはるかに、長部さん自身に当てはまるとしか思えない。もちろん悪口ではまったくない。

『「阿修羅像」の真実』は素晴らしい本である。興福寺の「阿修羅像」は、たぶんたいていの人が一度見ると忘れがたい印象を受ける——とりわけ眉間に漂う「悲哀」が——まことに魅力的な彫像だが、長部さんはこの彫像のモデルが光明皇后であると断定し、きわめて説得力ある筆致でそれを論証しているのである。

光明皇后は「法華寺の本尊の十一面観音が、皇后の姿を写したものだ」という伝説と、「湯殿を建てて千人の垢を流し、癩者の膿を吸った」という伝説で有名だが、少なくとも私の知るかぎり、「阿修羅像」のモデルであったという説はこれまでにはなかったと思う。しかも、モデルであったとすれば、当時、三十代だっただろうということになって、ここでも読者はその生々しさにはっとする。光明皇后が、突然、現代に蘇った印象を受けて、その魅力にいよいよ圧倒され、そして、実際に納得してしまうことになる——少なくとも私は納得してしまった。

光明皇后は聖武天皇のお妃である。聖武天皇は文武天皇の子であり、天武天皇の曾孫、したがって天武天皇の妃であった持統天皇の曾孫でもある。光明皇后は藤原不比等の娘だが、聖武天皇の母も不比等の娘・宮子である。この天武から聖武へといたる過程で、高市皇子の急死、その子・長屋王の反乱——じつは冤罪——など、さまざまなことがあって、そこからすべては持統と不比等の陰謀といった説も浮かび上がってくるわけだが、そういういっさいのことを胸に秘めて、光明皇后は聖武天皇とともにひたすら仏道に帰依した。「悲哀」は、皇后位は内親王に限るという規範を——彼女が望んだわけではないにもかかわらず——犯すことになってしまった「悲哀」であったのかもしれない。いずれにせよ、「阿修羅像」は確かに、そういう「気品」と「悲哀」を漂わせているのだ。

普通、仏像は見る者が問いかけるものだ。だが、「阿修羅像」は逆だ、と長部さんはいう。「阿修羅はこちらが向けるよりもさらに強い凝視の視線で見返し、眉間の悲哀と両の瞳の真摯な光で、観る者にあくまでも問いかけてやまない」というのである。長部さんは、「阿修羅像」のその問いかけを、二行に圧縮して、示している。

「人間にとって、本当の愛とは何ですか。」

「あなたは、人を本当に愛していますか。」

見事というほかないのは、いわれてみれば彫像は確かにそう問いかけているとしか思えないからである。

長部さんは亀井勝一郎とともに和辻哲郎をも——賞讃をこめて——参照しているのだが、この二行によって二人の批評をはるかに超えていると私には思える。これほど鋭い、あえていえば美術批評を超えるような美術批評に、私は出会ったことがない。おそらく今後「阿修羅像」を見るそのつど、この二行を思い出してしまうだろう。この二行を思い出さずには「阿修羅像」を見ることができなくなってしまうだろう。それほど、この二行は卓越した美術批評、美術鑑賞になっている。

『「阿修羅像」の真実』に長々と触れたのは、ほかでもない、本書『古事記とは何か――稗田阿礼はかく語りき』にもまったく同じことがいえるからである。『「阿修羅像」の真実』が読者を感動させるのは、著者自身、つまり長部さん自身が、感動しているからなのだ。自分が感動したその感動を、全力で伝えようとしている。それも、あえていうが、「よくいえば生一本で純粋素樸、悪くいえば愚直で頑固」に、つまり「巧言令色」にではおよそなく、伝えようとしているのだ。それが読者の胸を打つのである。まったく同じことが、本書にもいえる。

『古事記とは何か――稗田阿礼はかく語りき』は、雑誌『正論』二〇一二年五月号のインタビューによれば、「①『古事記』は歌劇の台本として書かれた②稗田阿礼は女性である③原作者は天武天皇である」という三つの説を唱えたものである。だが、与えられる感動は、この三つの説から来るのでは、必ずしも、ない。長部さんには叱られるかもしれないが、そうではないのだ。自身が見出したこの三つの事実、とりわけ第三の、原作者は天武天皇というひとりの人間であるという事実に感動している長部日出雄という人間の、その感動の仕方から来ているのである。

『古事記』は読めば読むほど面白い。長部さんがそう感じていることは、『天皇はどこから来たか』（一九九六）、『天皇の誕生――映画的「古事記」』（二〇〇七）、『「古事記」の真実』（二〇〇八）、『「君が代」肯定論』（二〇〇九）と続く一連の著作からもたやすく見て取れる。その面白さが、年々歳々、どんなふうに深められているか、その過程が、誠実に記録されているようなものだ。『古事記』にそれほど感動したその感動、本書でいえばとりわけ天武天皇への感動は、それではいったいどこから来ているのか。

フィリピンで戦死した兄への思いから来ているのだ。

長部日出雄が『古事記』を自身の「原郷」として引き受けてゆく過程は、じつはそのまま戦死した兄への鎮魂にほかならなかったのだ。私にはそうとしか思われない。むろん、兄は、いまでは亡くなった多くの日本人の、その魂の全体を象徴するものにまでなっているというべきかもしれない。だが、死者への責任――すなわち鎮魂――を感じさせる契機となった存在として、戦死した兄という固有の存在――兄・長部茂雄の戦死までの経緯は私を感動させる――は、いつまでもその輝きを失わないのである。

日本の古代史はここ三十年ほどで様変わりしたといっていい。世界の考古学もまたこ三十年で様変わりした。

日本の古代史でいえば、大学教授から在野の研究者にいたるまで、『古事記』と『日本書紀』、さらには『万葉集』をめぐって、いまや侃侃諤諤の論争を展開している。何よりもまず、王朝はひとつではなかったということが常識化している。蘇我王朝もまた実在したというのだ。したがって、あるものは聖徳太子は実在しなかったといい、ほかのものは天武天皇は朝鮮から来たという。あるものは天智から聖武にいたる天皇交替の最大の黒幕は持統だったといい、ほかのものは少なくとも後半は藤原不比等だったという。つまり『古事記』も『日本書紀』も『万葉集』も虚偽に満ちているというのである。

歴史学的にいえば、本書『古事記とは何か——稗田阿礼はかく語りき』の諸前提が次々に崩れ去ってゆくような気分に陥るが、しかし、本書の価値は変わらない。本書が与える感動は、そういう新説にあるのでも、奇説にあるのでもない。『古事記』がひとつの作品として優れており、そこにひとりの作者を想定するほかないその事実に自分は感動しているという、長部さんのその感動に読者が共振してしまう、そこにあるからだ。つまり、文学に、芸術にあるのだ。ちょうど「阿修羅像」に対する感動が、光明皇后というひとりのモデルを想定させてしまうほどにも深いという、その長部さんの感動が読者を感動させるように、である。

長部さんは、光明皇后の父・藤原不比等や、母・橘三千代《たちばなのみちよ》の凄腕というほかない権謀術数に、分かっていても深入りしない。文学の与える感動、芸術の与える感動とは違うからだ。長部さんは心をまっすぐに打つものにしか感動しないのである。

長部さんは、天智天皇から大友皇子への移行を開明派として、天武天皇から持統天皇への移行を守旧派として描いている。現代日本でいえば、国際派と国粋派のようなものだ。そしてはっきりと国粋派の側に立って、国語と日本文化の基礎を築いた天武天皇を称揚している。『万葉集』における柿本人麻呂のような、あるいは大伴家持のような立場に、天武天皇を置いているのである。

大学教授からにせよ、在野の研究者からにせよ、反論続出に違いない。『古事記』における同種の物語の反復は、壬申の乱の投影にすぎない、その作為は純粋なものではありえない、というような批判である。だが、長部さんの立論の必然はそこにあるのではない。歌劇のような、映画のような、さらにいえばディズニーランドのような『古事記』を作った人間の、その視線のありようにあるのだ。長部さんはそこに鎮魂を見出して感動しているのである。ちょうど「阿修羅像」に、あるべき本物の鎮魂を見出して感動しているように。長部さんにとって、未来は鎮魂なしにありえない。鎮魂を通してしか未来はやってこないのである。それが言語共同体というものなのだ。そして、何らかの言語共同体なしに人間は存在しえない。

長部さんは一九七三年、『津軽世去れ節』ほかで直木賞を受賞した。作家としての本格的デビューである。『鬼が来た――棟方志功伝』で縄文への視線を感じさせたのが一九七九年、『神話世界の太宰治』でスサノオと太宰治を重ねてみせたのが一九八二年、そしてまさにその「神話世界」に引き寄せられるように、その年の十二月、兄が戦死したフィリピンのルソン島のマヨヤオへ向かっている。

フィリピンで戦場跡を案内してくれた西本さんの言葉がじつに印象的だ。本書でも触れられているが、ノンフィクションとして刊行された『戦場で死んだ兄をたずねて』（一九八八）から引く。「車の外にでてみると、おどろいたことに、さっきの霧がすっかり消えて、谷間にひろがるマヨヤオの水田と家家に、はるか上空の雲のきれまから、ひとすじの陽の光がななめにさして、まことに神秘的な雰囲気をかもしだしていた」という箇所だ。谷間にひろがる水田とは棚田（ライス・テラス）のことである。長部さんたちはいまでは世界遺産に登録されているバナウエのライス・テラス風景のなかを通って、さらに奥地のマヨヤオにまで来たのである。

「美しいですね。ぼくはバナウエより、マヨヤオのほうが美しいようにおもうんですよ」

西本さんはそういってから、やや語調をかえて、

「……といいますのはね、むかしの邪馬台国というのは、こういうところやったんやないか、という気がするからなんですわ」

とことばをつづけた。大阪出身の西本さんの話し方が、とちゅうで関西弁にかわったのは、かねてからそういう実感をいだいていたせいだろう。ぼくもそんな気が

しないでもなかった。

長部さんはここでは控え目に書いているが、この太古を思わせる光景が本書の「原郷」のイメージにまで発展したことは疑いない。同じ光景が、同じ印象とともに、その二年前の小説『見知らぬ戦場』(一九八六)にも記されているからである。棟方志功で縄文の魂に触れ、太宰治で『古事記』の神話世界に触れた長部日出雄は、そこで予告されていた何かを確かめるように、そのほとんど直後に、兄が戦死した場所をたずねて、魂の「原郷」に触れることになったわけだ。運命を感じさせるというほかない。

魂の「原郷」とは何か。

死者たちの思いが積み重ねられて築きあげられてきた輝く風景と思えばいい。歴史の原点。文学が、芸術が、つねに立ち返るべき場所、そこでこそ息づくことができる場所である。長部さんは、兄の導きによって、死者たちでひっそりとにぎわう「原郷」へと足を踏み入れたのだ。

長部さんは、こうして、鎮魂としての『古事記』の見事さに感動する場所に立った。そして、歌も踊りも、絵も文字も、畢竟、鎮魂のわざであることに気づいて、さらに感動したのだ。戦死した兄はいまや大気となって長部さんを取り囲み囁きかけている。いずれ自分もまた大気となって、いまだ生まれてこないものたちに囁きかけることになるだろう。それが鎮魂というもの、文学というものなのだ。そのような鎮魂として再登場した『古事記』の物語を前に、長部さんの魂は、「純粋素樸」にふるえた。そしていま
や、まったく同じ感動を『古事記』のおおもとのプロデューサーである天武天皇も味わっていたはずだと確信するにいたったのだ。

せつないほどににぎやかな鎮魂の歌劇がこうして成立したと、私には思える。

この作品は、二〇〇七年三月に集英社より刊行された『天皇の誕生　映画的「古事記」』を大幅に加筆、再編集し、改題したものです。

集英社文庫

古事記《こじき》とは何《なに》か 稗田阿礼《ひえだのあれ》はかく語《かた》りき

2012年8月25日 第1刷 定価はカバーに表示してあります。

著 者 長部日出雄《おさべひでお》
発行者 加藤 潤
発行所 株式会社 集英社
東京都千代田区一ツ橋2-5-10 〒101-8050
電話 03-3230-6095(編集)
03-3230-6393(販売)
03-3230-6080(読者係)

印 刷 大日本印刷株式会社
製 本 ナショナル製本協同組合

フォーマットデザイン アリヤマデザインストア マークデザイン 居山浩二

ISBN978-4-08-746877-9 C0195